Entre todas las estrellas

CRISTINA ALFONSO IBÁÑEZ

Entre todas las estrellas

B DE BLOK

*A todas las personas que sueñan,
o alguna vez soñaron,
con escapar a una casita en el bosque.*

Papel certificado por el Forest Stewardship Council®

Primera edición: noviembre de 2015
Sexta reimpresión: octubre de 2025

© 2015, Cristina Alfonso Ibáñez
© 2015, Penguin Random House Grupo Editorial, S. A. U.
Travessera de Gràcia, 47-49. 08021 Barcelona

Penguin Random House Grupo Editorial apoya la protección de la propiedad intelectual. La propiedad intelectual estimula la creatividad, defiende la diversidad en el ámbito de las ideas y el conocimiento, promueve la libre expresión y favorece una cultura viva. Gracias por comprar una edición autorizada de este libro y por respetar las leyes de propiedad intelectual al no reproducir ni distribuir ninguna parte de esta obra por ningún medio sin permiso. Al hacerlo está respaldando a los autores y permitiendo que PRHGE continúe publicando libros para todos los lectores. Ninguna parte de este libro puede ser utilizada o reproducida con el propósito de entrenar tecnologías o sistemas de inteligencia artificial. PRHGE se reserva expresamente la reproducción, la extracción y el uso de esta obra y de cualquiera de sus elementos para fines de minería de textos y datos y el uso a medios de lectura mecánica u otros medios que resulten adecuados (art. 67.3 del Real Decreto Ley 24/2021). Diríjase a CEDRO (Centro Español de Derechos Reprográficos, http://www.cedro.org) si necesita reproducir algún fragmento de esta obra.
En caso de necesidad, contacte con: seguridadproductos@penguinrandomhouse.com

Printed in Spain – Impreso en España

ISBN: 978-84-16075-71-3
Depósito legal: B-18.481-2018

Impreso en Arcángel Maggio Europa S. L.

BL7571B

El círculo de hadas

Todo el mundo sabe que si se entra en un círculo de hadas el tiempo se distorsiona.

Bueno, quizá no todo el mundo lo sepa.

Pero Natalia sí lo sabía, por eso resultaba tan sorprendente que decidiera entrar en uno.

Ese círculo en concreto medía un metro de diámetro y crecía bajo un roble a la vera del viejo camino del bosque. La luz verde y dorada que se filtraba entre las hojas del roble otorgaba a la escena un aura de cuento de hadas. La misma Natalia parecía una criatura del bosque, con sus rasgos delicados, la larga melena azabache que casi le rozaba la cintura y su vaporoso vestido color melocotón. Tenía trece años pero su delicada figura hacía que pareciera más joven.

Aunque en los cuentos se decía que nunca, jamás, en ninguna circunstancia, había que abandonar el camino que cruza un bosque, Natalia se apartó de él.

Se acercó al círculo de hadas. Con cuidado se quitó el reloj digital que llevaba en la muñeca y lo posó sobre unas raíces de roble que sobresalían del suelo, para que la humedad de la tierra no lo deteriorara.

El corazón le latía muy rápido, y estaba a punto de levantar el pie izquierdo para entrar en el círculo cuando dudó. A su mente acudió entonces una imagen de su familia y, paradójicamente, en vez de frenarla, fue esa imagen lo que hizo que levantara no uno, sino ambos pies y saltara dentro del círculo.

Una vez dentro, de pie sobre la mullida hierba, mantuvo los ojos muy abiertos mientras iniciaba la cuenta desde cero hasta sesenta. Era increíble la cantidad de procesos paralelos que podía desarrollar su cerebro. Mientras seguía la cuenta en voz baja, advirtió que fuera del círculo la escena no cambiaba. Las hojas del roble se movían, quizás a causa del viento o porque en el mundo exterior las estaciones se sucedían de forma vertiginosa y, desde el vórtice donde ella se encontraba, daba la sensación de que siempre era verano y todo permanecía igual. Se dijo que, si era cierto lo que contaban las leyendas y durante cada segundo que se pasaba dentro de un círculo de hadas fuera de este transcurría un año, al llegar el segundo trece la pequeña niña que sus padres acababan de tener ya habría alcanzado su edad. En sesenta segundos, Natalia seguiría teniendo trece años y la pequeña sería una anciana. Sesenta segundos en el círculo mágico, sesenta años en el exterior. Contó hasta el segundo treinta y cayó en la cuenta de que el tiempo no solo pasaría para la niña, y que si un segundo de los suyos equivalía a un año para sus padres, quizás estos no siguieran con vida cuando ella regresase al tiempo real. Con el corazón en un puño, aterrada por la posibilidad de no volver a verlos, saltó fuera del círculo a los treinta y dos segundos exactos.

A su alrededor nada había cambiado. Natalia se acercó rápidamente al reloj y observó que no parecía más desgastado por los elementos ni por el paso del tiempo; seguía funcionando, las baterías no se habían acabado. Miró la hora y la fecha en el calendario digital y se sintió desfallecer. Solo había pasado poco más de medio minuto, medio minuto real. Medio minuto tanto dentro del círculo como fuera de este. Natalia se sintió engañada; tanto tiempo buscando un círculo de hadas para descubrir que todo era mentira.

No pudo evitar soltar un grito teatral, con los brazos alzados hacia el cielo mientras en una de las manos seguía sujetando el reloj.

—¡¿Dónde está la magia cuando la necesitas de verdad?!

De pronto percibió un movimiento con el rabillo del ojo. Se volvió y vio que al otro lado del camino, más allá del círculo de setas, había una casita rodeada por una pequeña valla. Y frente a la casita, sobre un rústico banco de madera, en vez de una anciana hechicera envuelta en ropajes oscuros, estaba sentado un muchacho vestido con una camiseta de rayas y vaqueros. Contemplaba a Natalia haciendo visera con una mano en la que sujetaba un tenedor.

Al comprender que había tenido un espectador, Natalia se puso roja hasta la raíz del cabello; ni siquiera la consolaba saber que su tez nunca delataba sus rubores. Pensó que el chico de la casita debía de creer que estaba loca, gritando al margen de un camino después de saltar dentro y luego fuera de un círculo de setas. Esperó a que él dijera algo, pero el chico se limitó a bajar el brazo y, tranquilamente, pinchar con el tenedor dentro de una lata que sujetaba con la otra mano para después llevárselo a la boca.

De pronto a Natalia la situación le pareció tan absurda que no pudo evita soltar una carcajada. Y el chico sonrió sin apartar la vista de ella, contagiado por su risa alegre.

Cuando paró de reír, Natalia se encogió de hombros y, aunque el chico no le había pedido explicaciones, en voz alta y con expresión alegre dijo:

—Es que estaba probando a ver si era un círculo de hadas de verdad y pasaban años en un instante.

Después de masticar sin prisa, el chico tragó antes de decir, señalando a Natalia con la mano con que aún sostenía el tenedor:

—Te he visto entrar y te he visto salir. Lo siento: creo que no ha funcionado.

—Ya lo sé. En fin, tenía que probar. ¿Qué estás comiendo?

—Calamares en su tinta. Pero ya no quedan, me acabo de comer el último.

A Natalia no le importó, los calamares no le gustaban especialmente. En cambio, tenía sed.

—Oye, ¿me das agua?

—Ahí atrás hay una bomba de agua. —El chico metió la lata vacía en una bolsa de plástico que Natalia no había visto hasta ese momento y se puso en pie. Cuando vio que ella no se acercaba, le hizo un gesto con la mano—. Venga, ven, que no te voy a llevar el agua hasta ahí.

—Entonces, ¿puedo entrar?

—Claro.

En vez de acercarse a la puerta, Natalia saltó la pequeña valla de madera casi completamente cubierta por la vegetación que cercaba la propiedad y que solo le llegaba a la altura de las rodillas.

Ahora que estaba cerca, comprobó que el chico tenía el cabello casi tan oscuro como el suyo y muchas pecas alrededor de la nariz que le daban un aire travieso. También apreció que el chico comenzaba a mirarla con expresión extraña.

—¿Qué?

—No me digas que eres un vampiro que tiene que pedir permiso para entrar en una casa.

—¿Cómo?

—Que en muchas pelis los vampiros no pueden entrar en una casa si no les autorizan a hacerlo.

—Ah, no, no soy un vampiro. Solo intentaba ser educada esperando a que me invitaras a acercarme. ¿Pueden salir de día los vampiros?

—Supongo que no. A lo mejor, los que son muy poderosos sí. O quizá puedan si tienen algún amuleto determinado.

—O gafas de sol.

—Naaa, no creo, se destruiría el cuerpo y solo quedarían los ojos.

La conversación se estaba volviendo surrealista mientras rodeaban la casa en dirección a la bomba de agua, una pieza metálica cuyo cuerpo cilíndrico se hundía en el suelo y de la que sobresalía una manivela. El chico comenzó a darle a la manivela de la bomba de agua. Antes de que empezara a salir el agua había que bombear un rato. Cuando empezó a manar, Natalia metió las manos bajo el chorro y exclamó, con deleite:

—¡Qué maravilla, qué fresquita!

La bomba llegaba a un manantial del subsuelo y por eso brotaba muy fría. Natalia se agachó y bebió haciendo un cuenco con las manos. Cuando se levantó, el agua le chorreaba por la barbilla y le había mojado el vestido y el bolsito que llevaba cruzado sobre un hombro, pero no le importaba.

—Gracias, no sabía que tenía tanta sed.

—Bah, de nada. ¿Cómo te llamas? —preguntó el chico mientras volvía a darle a la manivela y ponía bajo el chorro de agua el tenedor con que había pinchado los calamares.

—Natalia. ¿Y tú?

—Pedro. Tengo doce años.

La siguiente pregunta habría sido preguntarle a Natalia por su edad, pero una voz procedente del otro lado de la casa los interrumpió.

—¡Hola! ¿Vive alguien aquí?

Natalia y Pedro se miraron.

—Yo he venido sola —dijo Natalia.

—¡Ya vamos! —gritó Pedro.

Los dos rodearon la casa en dirección a la parte delantera. Quizá debido a la conversación que habían mantenido hacía un rato sobre seres sobrenaturales, al ver a la niña que estaba de pie frente a la casa, los dos exclamaron a la vez:

—¡Un zombi!

La niña, que tenía media cara cubierta de sangre y las rodillas y codos desollados, se volvió y, mirando alrededor, gritó asustada:

—¿¡Dónde!?

Una llamada a la hora de la siesta

A las tres de la tarde en pleno julio hace demasiado calor para estar en la calle. Lucía estaba repantigada en el sofá de la casa de su tía, fresquita cual cubito de hielo gracias al aire acondicionado.

Lucía no sentía suficiente sueño para echar una siesta, pero estaba demasiado cansada para seguir leyendo. Mortalmente aburrida, con el libro bocabajo sobre su regazo, zapeaba por última vez. En realidad, ya había dicho tres veces que cambiaba de canal por última vez, y aun así seguía haciéndolo. Su aburrimiento estaba tornándose enfado al recorrer repetidamente los pocos canales disponibles, todos locales, que solo parecían ofrecer programas de cotilleos interrumpidos en varias ocasiones por las últimas noticias del trágico y aparatoso accidente que había ocurrido esa misma mañana a la entrada del pueblo.

El móvil emitió un pitido. Lucía miró la pantalla con expectación, pero no era más que un *wassap* de su tía preguntándole si había comido bien y si se había echado una siesta. A Lucía le pareció un mensaje tonto, porque si hubiera estado echando la siesta habría despertado al oír la entrada del mensaje, o no lo habría oído si hubiera tenido el móvil en silencio, así que no habría podido contestar a la pregunta. Con desgana tecleó una afirmación, un mero «sí», que esperaba que su tía entendiera como que estaba bien, pero no le importaba si también entendía que se había echado una siesta.

Después de enviarlo dejó caer el móvil entre los cojines del sofá. Aunque no era culpa de su tía que los planes de ir juntas a la piscina se hubieran cancelado a última hora, Lucía se sentía enfadada con ella. Lo cierto era que llevaba todo un año enfadándose con cualquier pretexto.

Con el dedo en el mando a distancia, a punto de iniciar una nueva ronda de canales de televisión, sonó el móvil. Lucía hurgó entre los cojines del sofá sin apartar los ojos de la pantalla del televisor, donde el camión volcado que había provocado un atasco kilométrico volvía a ser noticia. No tenía prisa en encontrarlo porque pensaba que sería su tía para preguntarle si el «sí» que le había enviado era por haber comido bien o por estar echando la siesta. Por fin localizó el aparato y en la pantalla vio el número que siempre hacía que su corazón se disparara. Se puso de pie de un salto mientras aceptaba la llamada.

Unos minutos después, Lucía permanecía en la misma posición pero con el móvil apretado contra el pecho y la cabeza dándole vueltas. Su mundo acababa de derrumbarse por segunda vez en menos de un año.

Colgó sin despedirse de la persona que esperaba una respuesta al otro lado de la línea, arrojó el móvil contra el sofá y salió de la casa dando un portazo que retumbó como un disparo en el silencio de la tarde. Estaba rabiosa y confusa. Le picaban los ojos y sabía que estaba a punto de echarse a llorar, y no quería llorar frente a la casa de su tía.

En realidad no quería llorar en ningún lugar.

Necesitaba irse lejos, de modo que entró en el garaje, que siempre estaba abierto, y al ir a montar en su bicicleta se dio cuenta de que se había dejado todas las llaves, incluida la del candado de la bici, dentro de la casa.

Plantada en medio del garaje, Lucía se metió las manos en los bolsillos de los pantalones cortos y tiró del forro hacia fuera. No encontró ni una horquilla, claro que tampoco sabía abrir candados con horquillas, pero le habría consolado encontrar una e intentar forzar el candado como había visto hacer en las películas. De pronto sintió pánico por no tener una horquilla, pero al instante le pareció que asustarse por una razón así era bastante ridículo, lo que hizo que casi sonriera y las ganas de llorar se alejaran un poquito. Más tranquila, miró alrededor y no vio ni palancas ni tenazas con las que abrir el bendito candado.

Se puso a pensar. Había salido sin llaves, de modo que no podía volver a entrar en la casa. Tampoco tenía móvil, que había arrojado contra el sofá, creía recordar, por lo que quedaba descartado llamar a su tía, a quien, por cierto, le iba a dar un síncope cuando volviera y viera que el aire acondicionado y la tele permanecían encendidos. También estaba descartado llamar a la puerta de los vecinos, quienes, aunque eran muy simpáticos, seguro que le preguntarían por qué había salido tan deprisa de la casa. Y, finalmente, no podía seguir en el garaje o se asaría bajo el techo de zinc.

Algo tenía que hacer, y como lamentándose no cambiaría la situación en que se había metido después de reaccionar impulsivamente a la llamada telefónica, decidió que, dadas las circunstancias, podía romper la promesa que había hecho un año atrás.

No era la temperatura adecuada, ni llevaba la ropa apropiada, pero sí era el momento vital oportuno. Plantada frente a la puerta del garaje, Lucía miró a un lado y a otro de la calle, desierta a esas horas, se agachó para atarse bien los cordones de las zapatillas de lona y, aunque tiempo atrás se había jurado a sí misma que no volvería a hacerlo, tomó una bocanada de aire ardiente y comenzó a correr.

En realidad empezó con un trote suave bajando por su calle, para desembocar en la plaza principal del pueblo, también vacía. De pronto, de una casa brotó la música de una canción conocida, y, como si esa canción fuera un detonador, sabiendo que sus músculos ya estaban calientes, Lucía aceleró hasta casi alcanzar velocidad de carrera.

Corrió como si la persiguiera un demonio. Las casas del pueblo comenzaron a espaciarse y los solares a aumentar en número para, finalmente, transformarse en huertos. Corrió, al principio controlando la respiración y marcando el ritmo con los brazos y las manos, para luego dejarse ir. Abrió los brazos como si estuviera a punto de echar a volar, separó los dedos de las manos y sintió deslizarse el viento entre ellos.

No era la mejor manera de correr pero sí la que más se asemejaba a volar, y para cuando tuvo la camiseta empapada de sudor y comenzaron a quemarle los pulmones ya estaba dentro del bosque, en un mundo teñido de verde y dorado.

El cuarto visitante

—Iba corriendo por el bosque y entonces caí y me hice todo esto. —Lucía se refería a los rasguños en la frente, las manos y las rodillas, y parecía disgustada consigo misma por haber sido tan torpe. Acababa de decirles cómo se llamaba y que tenía once años, y también les había contado que había salido a correr por el bosque, pero no el porqué.

—Jo, pensábamos que eras un zombi, toda cubierta de sangre y tal —comentó Natalia.

—Ya os oí, ya —dijo Lucía con un deje de amargura.

—Pero es porque a este, a Pedro, le gustan las pelis de miedo y había estado hablando de vampiros.

—No me gustan las pelis de miedo. Solo las de vampiros, y no todas son de miedo, hay algunas muy divertidas —dijo Pedro, ofendido por que dieran sus gustos por supuestos—. También me gustan los monstruos, pero no los zombis —añadió.

Estaban los tres detrás de la casita, donde Natalia bombeaba agua y Pedro, con mucho cuidado, limpiaba las heridas de Lucía quitando la tierra que se había adherido a ellas.

Lucía no protestaba; después del contraste inicial con el gélido chorro de agua, apenas sentía la mano que Pedro estaba lavando en ese momento. Lucía ya se había limpiado la cara y Pedro, tras apartarle el corto pelo castaño, había estudiado el corte que la niña tenía en la frente para finalmente dictaminar que, a pesar de lo mucho que había sangrado, era poco profundo. Ya estaba limpio y, con una funda de almohada que Pedro había sacado de la casa, habían improvisado una venda alrededor de la cabeza de Lucía para evitar que la sangre, que aún no se había coagulado, la cegara.

—Se te da muy bien esto de curar heridas —dijo Lucía en tono de elogio, y por un momento pareció menos enfadada.

—No es nada. Soy el mayor de cuatro hermanos. Tengo práctica. —Pedro se encogió de hombros, como si curar heridas fuera lo más normal para él.

—¿Sois hermanos? No os parecéis demasiado —comentó Lucía, mirando a ambos.

—Nosotros dos no —negó Natalia con vehemencia—. Yo solo pasaba por aquí.

Pedro rio y Natalia le lanzó una mirada fulgurante, que pretendía decir «no se lo cuentes», pero con una sonrisa pícara Pedro se lanzó a narrar la historia de cómo Natalia se había metido en el círculo mágico y cómo este no había funcionado.

—Si no te hubieras movido —dijo Natalia, dirigiéndose a Pedro—, no me habría fijado en ti y habría continuado mi camino. Así jamás habría sabido que alguien me había visto.

—Pero si yo no me moví. Llevaba un rato sentado, mirándote, alucinado.

—Te moviste. O justo entonces levantaste la mano.

—Que no me moví —insistió él—. La mano

estaba levantada desde que entraste en el círculo, si no, no podía verte porque la luz me daba en los ojos.

Lucía suspiró. Estos dos eran mayores que ella, trece y doce años, por lo que habían dicho, pero se comportaban y hablaban como si fueran más pequeños.

Natalia le dio vueltas al asunto: sabía que había visto movimiento y no pensaba rendirse hasta averiguar qué lo había provocado.

—Entonces debió de ser un reflejo en el tenedor.

—Es de plástico —dijo Pedro—. No creo que refleje nada de nada.

—Vamos a comprobarlo.

Las heridas de Lucía ya estaban limpias, de modo que Natalia dejó de bombear agua. Las manos y rodillas habían dejado de sangrar y Pedro dijo que dejándolas al aire se curarían antes, por lo que no era necesario que buscaran más telas en el interior de la casa. Los tres regresaron al banco junto a la entrada.

—A ver, me siento en el banco —dijo Natalia—. Dame el tenedor. Vale. Y ahora, Pedro, vete para allá y dime si me ves moverme.

Pedro, siempre dispuesto a seguirle el juego a

la gente, se fue corriendo hasta el círculo con la sonrisa de saber que él tenía razón. Pedro se metió en el círculo y se situó de perfil respecto de la casa, como había estado Natalia.

Natalia alzó la mano y movió la muñeca intentando que la luz del sol hiciera brillar el tenedor. Pero o bien la luz había cambiado o era verdad que el tenedor no la reflejaba.

Pedro no se movía. Natalia empezó a agitar un brazo. Pedro seguía sin moverse.

—¡Eh! —llamó ella—. ¿Es que no me ves?

Pedro se volvió.

—Pues no. Desde aquí no te veo.

—Pues tu campo de visión periférica debe de ser muy limitado.

Lucía sintió curiosidad.

—¿Qué le ocurre? —preguntó.

—Que no debe de ver bien con el rabillo del ojo. Anda, acércate al círculo y dime si me ves.

A Pedro todo parecía hacerle mucha gracia y le hizo una reverencia a Lucía mientras intercambiaba su puesto con ella.

—Si eres capaz de ver algo desde esta posición es que tienes ojos en la nuca —le dijo a Lucía, antes de caminar hacia el banco donde Natalia seguía sentada.

Pasados unos instantes dentro del círculo, Lucía percibió movimiento con el rabillo del ojo. Se volvió, pero no hacia Natalia, porque el movimiento lo había advertido justo al otro lado del camino viejo del bosque. Allí, un joven rubio de piel clara los observaba.

Los otros dos siguieron la mirada de Lucía y Natalia se puso en pie.

Pedro suspiró y dijo:

—Anda, que me vengo a una casa perdida en el bosque y no para de llegar gente. ¿Tú quién eres? —preguntó al joven, quien los miraba serio y en silencio.

Cuando el desconocido habló no fue para responder a Pedro, sino que inquirió, enfadado:

—¿Qué hacéis vosotros en la casa de mi abuelo?

Pedro se puso rígido y a la vez rojo como un tomate. Al contrario que a Natalia, a él sí se le notaba cuando se ruborizaba.

Natalia se volvió rápidamente hacia él y le preguntó:

—¿No es tu casa?

Pedro se encogió de hombros, con gesto de «me habéis pillado»; nada que dijera podía justificar el que hubiera hecho creer a las chicas que la casa era de su familia, de modo que confesó la verdad.

—No lo es —dijo—. Encontré la llave de la casa entre esas piedras, junto a la puerta. Por cierto, es un sitio demasiado evidente para ocultarla. Deberíais ver más pelis de detectives —añadió descaradamente en dirección al desconocido—. Cualquiera podría entrar en la casa y hacer un destrozo.

—Cualquiera podría hacer un destrozo —repitió el chico mientras desplazaba la mirada de uno a otro. El pelo rubio, casi albino, que le caía sobre los ojos no ocultaba que seguía con el ceño fruncido—. Por cierto, eso que está manchado de sangre, ¿no es una funda de almohada de mi abuelo? —añadió, señalando hacia Lucía, que llevaba la funda enrollada en la cabeza a modo de turbante. Sin esperar respuesta, se acercó a la valla, se apoyó en un viejo buzón de correo, que llevaba escrito el número 11, y centró su atención en Natalia, quien aún sujetaba el tenedor en la mano con la que se hacía visera, tal y como le había visto hacer a Pedro cuando le conoció—. Y el tenedor de la comida del gato no es una antena.

—¿Del gato? ¡Puaj! —exclamó Pedro, sacando la lengua y limpiándosela con los dedos, aunque a esas alturas de nada servía.

Natalia bajó la mano y se puso de pie. Miró al recién llegado a los ojos, constatando que eran del azul más increíble que había visto nunca, y se disculpó:

—Perdona. Creíamos que la casa era de Pedro. De ese. —Señaló al aludido, que seguía haciendo gestos de vomitar sin que nada saliera de su boca—. Me llamo Natalia —se presentó.

—Yo soy Lucía. Lavaré la almohada y te la traeré mañana —le propuso.

Las chicas miraron a Pedro, esperando que también se disculpara. Él se incorporó, se limpió los labios con el dorso de la mano y dijo:

—Vale. Perdona que abriera la puerta. Pero es que no tenía adonde ir; me he escapado de casa.

Las palabras de Pedro captaron la atención de los otros tres.

La casita número 11

—¿Te has escapado? —le preguntó Natalia, sorprendida.

El recién llegado dio muestras de relajarse mientas los otros hablaban. Ninguno de aquellos chicos parecía tener la intención de destrozar la casita, y en ese momento era lo que más le preocupaba.

Pedro disfrutaba siendo el centro de atención.

—Sí. Me he largado. Pero no se lo podéis decir a nadie —añadió, bajando la voz como si compartiera un secreto.

—Pero ¿por qué? —preguntó Natalia, intrigadísima—. ¿Tan mal te tratan? ¿Te ha pasado algo grave?

Pedro decidió seguir haciéndose el misterioso durante un rato, así que se encogió de hombros y no contestó. Por dentro estaba deseando que siguieran interrogándolo para poder contarles en detalle las injusticias que cometían contra él en su casa.

En ese momento, un trueno interrumpió la conversación. Los cuatro miraron hacia el cielo pero no vieron nubes.

—Todavía está muy lejos. La tormenta aún tardará un rato en llegar —afirmó el chico rubio, que apoyado contra el buzón de la entrada seguía mirando el cielo. Volvió la vista hacia ellos y concedió, magnánimo—: Podéis quedaros aquí hasta que amaine; si os vais ahora os pillará a mitad de camino.

Estaban a punto de darle las gracias cuando la tripa de Lucía rugió. No había comido casi nada y el hambre se hizo sentir en el momento menos indicado.

Pedro rio, burlón.

—Te caes, vienes con hambre —dijo—. Jo, chica, cuántos problemas das.

A Lucía no le pareció gracioso el comentario, e hizo un mohín.

—¿Más problemas que tú, Pedro, que te cuelas en una casa? —saltó Natalia, saliendo en su defensa. Hurgó en el bolso que llevaba colgado en bandolera y sacó una bolsita de gominolas que ofreció a Lucía—. Anda, toma, y no le hagas caso a ese.

Lucía estaba muy cortada y no sabía si aceptar o no. Pedro decidió redimirse.

—Lo siento, no te piques, Lucía —se disculpó—. Te invito a comer. De hecho, yo también tengo hambre, ya debe de ser la hora de la merienda.

Natalia miró su reloj.

—Pues no —dijo.

—Da igual, si uno tiene hambre es la hora de comer, o de la merienda. He traído bastante comida, ya sabéis, para varios días, pero puedo compartirla con vosotros. Solo que si la comparto tenéis que venir mañana y traerme algo para comer... —Pedro se interrumpió en mitad de la frase y se volvió hacia el otro chico—. Es decir, si me dejas quedarme, y... ¿cómo has dicho que te llamas?

—No lo he dicho. Me llamo Iván. Si nos cuentas por qué te has ido de tu casa, me pensaré si dejar que te quedes o no.

Pedro lo tomó como un sí, y exclamó:

—¡Genial! Os lo cuento mientras comemos. —Sonrió a los otros tres y corrió hacia la casita, más que nada para que Iván no cambiara de opinión.

Mientras esperaban, Natalia señaló el buzón contra el que Iván se apoyaba y dijo:

—No me había fijado en el buzón. ¿Cómo es que pone número once si no hay más casas alrededor?

Iván pareció sorprendido.

—Pues no lo sé... Pero quizás antes sí que las hubo.

Pedro volvió con una mochila y una sábana. Vio que Iván seguía apoyado en el buzón.

—¿Aún estás ahí? —dijo—. Venga, entra, que al fin y al cabo es la casa de tu familia. Oye, espero que no te importe, es que no tengo mantel, y, total, ya hemos manchado la funda de almohada que va a juego. —Pedro hizo ondear la sábana que llevaba en la mano.

—Ya que la has cogido... —Iván hizo un gesto de aceptación con la mano y cruzó la cerca.

Pedro abrió la mochila, tan alegre como si

fuera a preparar una fiesta. Sacó una hogaza de pan, queso, salchichón, además de media empanada de atún y una tortilla de patatas.

—También hay latas ahí dentro. —Señaló hacia la casa—. Pero creo que con esto es suficiente —añadió al ver que Iván enarcaba una ceja al oír que disponía de comida que no le pertenecía—. Venga, toma. —Le alcanzó el salchichón y la navaja a Lucía, pero cuando ella tendió las manos, él apartó la navaja—. Ay, no, que aún no tienes bien las manos.

Con presteza, Pedro quitó el pellejo del salchichón y cortó la tortilla y la empanada en varias porciones.

Se oyó otro trueno y todos levantaron la mirada hacia el cielo. Este había sonado más fuerte que el anterior.

—Mejor entremos —propuso Natalia, muy preocupada—. Se va a poner a llover.

—Aún tardará un rato. —Iván parecía un experto en tormentas.

—Hazle caso a Iván —dijo Pedro—. Todavía no llueve, y aquí fuera se está fantástico. Además, dentro está muy oscuro, no hay electricidad; hasta he tenido que usar una linterna cuando he ido a buscar la sábana.

—No me gusta el ruido de los truenos —protestó Natalia—. Esperar a que llegue la tormenta me pone nerviosa.

—Si no quieres oírlos, podemos poner música. Hay un radiocasete de pilas dentro de la casa, y muchas cintas de música —fue la aportación de Iván para distraer a Natalia.

—Genial. —Pedro ya estaba en pie. Parecía que no podía quedarse quieto ni un minuto—. ¿Qué quieres que elija? —preguntó a Iván, intentando congraciarse con el chico, que aunque no había dicho su edad parecía algo mayor que el resto.

—Lo que os parezca.

Natalia se levantó y entró con Pedro, quien sacó la linterna que llevaba en el bolsillo. Encontraron el radiocasete, rebuscaron entre las cintas y Natalia eligió una de blues porque sabía que *blue* significaba azul en inglés y como aún estaba pensando que los ojos de Iván eran los más azules que había visto nunca, no se le ocurrió otra música que elegir. Pedro se inclinó por una cinta de música africana porque le fascinaban los tambores.

Un trueno más. A Lucía no le preocupaban los truenos tanto como a Natalia, pero aun así estaba inquieta y lanzaba miradas furtivas alrededor. Se acababa de dar cuenta de que algo no cuadraba, pero era un algo tan sutil que no podía definirlo. Algo se le escapaba, algo. Todo cuanto la rodeaba parecía normal: la gente que acababa de conocer, la casa, el bosque... pero no podía evitar la sensación de que un detalle estaba fuera de lugar.

Iván miraba a Lucía con cierta lástima. Ya se había acostumbrado a su turbante improvisado, había visto sus rodillas, pero no fue hasta que Pedro le alargó el cuchillo y el salchichón, que se percató de que también tenía heridas las manos.

—¿Y a ti qué te ha pasado? No me digas que ibas corriendo por el bosque y te caíste.

Las palabras de Iván sacaron a Lucía de su ensimismamiento. Le sonó como si él hubiera dicho que correr por el bosque era una idea pésima, así que se puso a la defensiva.

—Sí, iba corriendo, pero no me tropecé con nada. No había raíces ni piedras, y los cordones de las zapatillas los tenía atados.

—¿Has comenzado a correr hace poco...? —Iván parecía interesado en seguir la conversación.

—Sí —admitió Lucía tras una pausa, mirándolo con recelo como hacía siempre que alguien sacaba el tema de correr.

—¿Y antes eras buena corredora?

—Bastante —respondió, cada vez más tensa. Sintió que debía añadir algo más—. Solía correr. Antes. El año pasado.

Iván asintió satisfecho, seguro de haber acertado.

—Entonces no es extraño que te hayas caído. Les suele pasar a algunos buenos corredores que han pasado un tiempo sin correr. Cuando vuelven a hacerlo, el cerebro lo recuerda —se tocó la sien con un dedo— y marca el ritmo, pero el cuerpo ya no está a la altura. Tómatelo con calma durante unos días y ya verás como mejoras.

Lucía se interesó a su pesar.

—¿Y eso de dónde lo has sacado?

El chico sonrió y por primera vez se volvió por completo hacia ella, dedicándole toda su atención. Lucía se sintió incómoda bajo la intensa mirada de sus ojos azules.

—Me gustan los documentales —dijo— y los programas de divulgación científica; además, tengo buena memoria para las anécdotas. Verás, parece ser que en los colegios japoneses es frecuente que haya competiciones en las que participan tanto los alumnos como sus padres. Descubrieron que los padres que más se caían al suelo durante las carreras eran los que habían sido mejores corredores cuando eran jóvenes. Su mente recordaba los movimientos, pero el cuerpo era incapaz de seguirlos porque estaba viejo.

Lucía lo miró sin saber qué decir. Tenía once años y era la primera vez que se sentía vieja.

Cuando Natalia y Pedro salieron, encontraron a Lucía y a Iván de nuevo en silencio, él contemplando el cielo y ella dando mordiscos a una porción de empanada.

Pedro tardó un rato en dar con la forma de poner la cinta en el radiocasete; la primera vez la metió al revés, y la segunda al darle al botón del *play* resultó que la música estaba grabada en la otra cara. ¿Cómo habían podido vivir sus padres y abuelos con esos aparatos prehistóricos en los que ni siquiera era posible elegir qué canción se quería escuchar? En realidad, a Pedro le daba igual esto último, porque no conocía ninguna de las dos cintas.

Comenzaron escuchando la de blues. A los primeros acordes todos parecieron relajarse.

El sol se había ocultado tras las nubes y era la música perfecta como telón de fondo para el viento que comenzaba a levantarse y agitar, más aún, las ramas de los árboles. Lucía y Pedro comían como si no hubieran tomado nada en días, y eso que un rato antes él había dado cuenta de una lata de calamares. Natalia cortó un poco de pan y queso e Iván aseguró no tener hambre. Pedro intentó animarlo a que comiera.

—Come, Iván, que luego no va a quedar nada. Venga, va, te dejo un trocito de tortilla, te lo aparto aquí, ¿ves? —se ofreció, magnánimo.

Con la música de fondo no era necesario que hablasen, se sentían a gusto, pero poco a poco una tristeza descendió sobre ellos, hasta que Pedro decidió cambiar el casete y comenzaron a sonar los ritmos africanos. Entonces, como Iván no hacía amago de comer el triángulo de tortilla que le había dejado, Pedro lo devoró. Fue algo mecánico, acostumbrado como estaba a pelear con sus hermanos por la comida. Masticaba, pero permanecía atento a la música, y a los pocos compases se puso en pie de un salto, con el último trocito de tortilla aún en la mano.

Al verlo, Natalia se levantó también y se puso frente a él. Se miraron, sonrieron, Pedro se metió el trozo de tortilla en la boca y, sin mediar palabra, empezaron a bailar mientras Lucía e Iván los miraban.

Bailaron siguiendo el ritmo tribal.

A Lucía le parecían lejanos y hermosos, tenía el convencimiento de que ella no sabía bailar, pero en lugar de sentir envidia al contemplar a Pedro y Natalia, sentía admiración. Los observó un rato y por fin cerró los ojos, centrándose en las vibraciones del suelo bajo los golpes de sus pies, el olor del bosque y de la tormenta que se acercaba, dejando que el ritmo subiera desde la tierra hasta su cuerpo, que latiese en su interior, en su corazón, en su cabeza.

Cuando la canción terminó, abrió los ojos a tiempo de ver cómo ambos bailarines se dejaban caer sobre la hierba, agotados pero con los ojos brillantes de felicidad.

Se acababan de conocer, pero Lucía pensó que sí que habían atravesado un círculo de hadas, aunque no como lo concebía Natalia, no del tipo de los que distorsionaban el tiempo, sino un círculo capaz de hacer que unos desconocidos se sintieran cómodos compartiendo comida, bebida, música y baile al lado de una casita de cuento de hadas.

Iván también había prestado atención al baile de Natalia y Pedro. Observándolos, no pudo evitar sonreír; le gustaba ver que otras personas disfrutaban en los terrenos de la casita tal y como lo había hecho su familia cuando sus primos y él eran pequeños. En aquella época había celebraciones durante todo el verano: por algún cumpleaños, por la llegada de un tío o un primo al pueblo, o porque sí. Los abuelos colgaban farolillos de papel y guirnaldas de colores que los primos habían pasado días preparando y que iban mejorando y ampliando en número según se sucedían las celebraciones. Cada fiesta era una fiesta de luz, color y música, una verbena familiar en la que casi todos se abandonaban al baile como acababan de hacerlo Natalia y Pedro.

La sonrisa de Iván se fue desvaneciendo cuando la nostalgia cayó como una pesada manta y del baile pasó a recordar las noches en que él y sus primos se escapaban para buscar animalillos nocturnos en ese mismo prado en el que ahora se encontraban; pensó en las lágrimas de San Lorenzo, las estrellas fugaces que surcan el cielo en agosto, y recordó a su abuelo y a él mismo envueltos en mantas contemplando el firmamento.

Demasiados recuerdos. Demasiado lejanos, demasiado dolorosos, porque ya eran momentos irrecuperables.

Recordando al abuelo

Cayeron las primeras gotas y, con pericia, Pedro, a pesar de estar agotado por el baile, se echó la mochila al hombro, tomó las cuatro esquinas de la sábana y levantó esta con el resto de viandas dentro. Tanto él como Lucía, Natalia e Iván corrieron hacia la casita. Dentro olía a madera y a polvo, se notaba que hacía tiempo que nadie la habitaba.

—Solo la usamos en verano —explicó Iván—. Hoy habríamos empezado a limpiarla y arreglarla.

—¿Quiénes? —se interesó Natalia.

—Mi abuelo y yo. Pero mi abuelo está muerto.

Ante algo así ninguno supo qué decir.

Natalia habría querido tocarle el hombro para consolarlo, pero Iván estaba rígido, no parecía invitar a que nadie lo tocase, y Natalia no se atrevió a acercar su mano.

Dentro de la casita estaba muy oscuro. Fuera, la lluvia golpeaba con fuerza contra el cristal. Todos estaban agradecidos de que Iván no los hubiera echado, porque habrían terminado calados. Llevado por la nostalgia que lo embargó mientras veía bailar a Natalia y a Pedro, Iván comenzó a hablar sin mirarlos, con la vista perdida más allá del cristal de la ventana.

—He venido a la casita porque este es el lugar que más me recuerda al abuelo. Aquí pasé los momentos más felices de mi vida. ¿Habéis visto el roble que hay ahí fuera? Cuando era pequeño mi abuelo colgó un columpio de cuerda de una de sus ramas; era genial columpiarse, estirarse e intentar rozar las hojas de las otras ramas. No teníamos televisor, solo el radiocasete. Por las tardes, a veces escuchábamos música, otras mi abuelo contaba historias. Era el mejor narrador de historias del mundo. Pero mi momento favorito era la noche, cuando el cielo estaba despejado y salíamos a ver las estrellas. Nos envolvíamos con mantas y, tumbados uno al lado del otro, el abuelo me nombraba las constelaciones.

Iván hablaba y descargaba su alma, porque, a pesar de su corta edad, sabía que a veces es más fácil hablar con desconocidos que con amigos porque no nos importa lo que aquellos puedan pensar de nosotros.

Mientras hablaba, sus palabras parecían envolver a los otros tres. Les había dicho que su abuelo era un buen narrador de historias, pero la forma de hablar de Iván hacía que se sintieran parte del mundo en que había crecido. Creyeron asir con sus manos la áspera cuerda del columpio del roble, creyeron rozar con sus dedos la fría hierba mientras contemplaban el firmamento. Las palabras de aquel chico rubio estaban vivas, y con ellas los arrastraba a sus recuerdos. Cuando Iván dejó de hablar, nadie dijo nada. Los cuatro miraban a través de la ventana.

Y entonces la lluvia amainó. El momento mágico de intimidad se rompió.

Cuando se dejó ver el sol, Natalia soltó una exclamación que era una mezcla de alivio y alegría, y salió corriendo de la casa.

—¡Ahí está! —exclamó mirando extasiada hacia el cielo—. ¡El arcoíris! Se me había olvidado que los colores eran tan hermosos.

Los otros tres salieron tras ella.

—Pero los colores son iguales en todas partes —se burló Pedro, riendo para sí del comentario de Natalia.

Natalia sacudió la cabeza sin saber cómo expresar con palabras que en la ciudad en la que vivía durante el curso escolar casi todo era gris, y que los colores más hermosos no eran los de los arcoíris que en escasas ocasiones veía en el cielo, sobre la ciudad, sino los arcoíris aceitosos de las manchas del suelo de las gasolineras. Solo dijo:

—Me gustan los colores irisados de las manchas de las gasolineras. Pero no están tan vivos como los de este arcoíris.

Iván le dedicó una mirada intensa que Natalia no advirtió, extasiada como estaba contemplando el arcoíris.

—Entiendo lo que dices. Esos colores no se ven en la naturaleza, es... —Buscó las palabras—. Como una película de tecnicolor, con tonos más intensos que los de la realidad. En la pantalla son muy bonitos, hasta que apagas el televisor y te das cuenta de que los de fuera son más bonitos aún. Mis favoritos son los del bosque.

Natalia bajó la mirada del cielo y la centró en los ojos de Iván. Viéndoles, Lucía sintió como si se estuvieran diciendo muchas cosas con solo mirarse. El momento pasó cuando Pedro preguntó:

—¿De verdad los colores del bosque son los que os parecen más bonitos?

—Sí —respondieron ambos al unísono.

—Iván ya nos ha dicho qué hace aquí. Además, es su casa. Pero, tú, Natalia, ¿has venido hasta aquí para ver colores? —siguió preguntando Pedro.

—No.

—¿Entonces?

Natalia pareció dudar si responder o no. Pero como un rato antes Iván había abierto su corazón hablando de su abuelo, cedió al deseo de compartir su propia historia. Finalmente, lo que dijo a modo de introducción fue:

—Bueno, pues, ya me veis, ¿no? —Abrió los brazos y los miró, expectante, como si con esas palabras compartiera una gran revelación.

Los otros tres se miraron, indecisos sobre qué era lo que se suponía que tenían que ver.

La nueva princesa

—¿Qué tenemos que ver? —preguntó Iván con cautela, expresando lo que todos pensaban.

Natalia parpadeó sorprendida antes de contestar:

—Pues, a mí. Mirad el color de mi piel, mis rasgos, mi pelo... ¿Es que no lo veis? Soy adoptada.

—Ah, pues no lo había pensado —repuso Pedro.

—Ni yo. —Lucía asintió, mostrándose de acuerdo con las palabras de Pedro.

—Es cierto que tienes rasgos como si fueras de otro país, pero no tienes acento cuando hablas —dijo Iván—. Al verte, yo tampoco he pensado que eras adoptada. Sí que he pensado que a lo mejor tus padres eran de algún país extranjero y vinieron aquí hace mucho, antes de que nacieras. O tus abuelos.

Natalia parecía descolocada.

—Pues... si no lo habéis pensado debe de ser porque no me habéis visto con mis padres. Los dos tienen la piel muy clara. Todo el mundo nos mira. Primero a mí, luego a ellos, luego otra vez a mí, como si fuera un partido de tenis. Nadie suele decir nada, pero si alguna persona dice algo normalmente es para comentar lo buenos y generosos que son por haberme adoptado.

—Eso es una tontería —interrumpió Iván—. Seguro que te adoptaron porque querían ser padres. No es que sean buenos, es que querían algo y lo consiguieron.

Natalia le dirigió una mirada intensa.

—Es lo que ellos dicen. Yo a veces hasta me lo creo. —Tras otro silencio en el que contempló a Iván como si lo viera por primera vez, añadió—: Me han contado mil veces que mi adopción fue diferente de muchas. A mis padres no les dieron una niña al azar, sino que ellos pudieron ir al orfanato en el que yo estaba y, entre todos los niños que estábamos allí, me eligieron a mí. ¿Comprendéis? Me eligieron. Siempre me cuentan que yo estaba en una cuna, y que cuando entraron en mi sala vieron que me ponía de pie, agarrándome a los barrotes, y los miraba a la cara. Solo eso. Bastó con una mirada para que me eligieran. Como elegiría alguien a un perro en la perrera.

Durante unos instantes el tono de Natalia se tornó amargo, pero luego volvió a ser neutro, como si lo que estaba contando no fuera algo personal.

—Y ellos son mis padres —continuó—, pero a veces me despierto pensando qué habría sido de mí si hubieran elegido a cualquier otro niño. ¿Quién sería yo entonces? ¿Habría crecido en el orfanato, me habrían adoptado otras personas? —Hizo una pausa antes de añadir—: ¿Habría regresado alguien de mi sangre a buscarme? Mis padres me eligieron, pero podrían haber elegido a cualquier otra. Si yo no los hubiera mirado en ese momento....

—Pues si no los hubieras mirado se habrían

fijado en ti igualmente —afirmó Iván. Parecía muy seguro de sus palabras.

—¿Qué?

—¿No te ha pasado que a veces te presentan a alguien y tienes la sensación de que conoces a esa persona de toda la vida? ¿O de ver a alguien y antes de hablar con él o ella saber que no te va a caer bien? Ese sentimiento suele ser mutuo.

Pedro y Lucía escuchaban a Iván, pero no sabían qué tenía que ver lo que decía con la historia que había contado Natalia, y la propia Natalia tenía expresión de sentirse herida por que Iván hubiese cambiado de tema.

—Creo —continuó Iván, sin dar tiempo a ninguno a hablar— que eso sucede porque cada uno de nosotros proyecta una especie de magnetismo, o una luz, y esa luz solo la ven las personas que están en nuestra misma frecuencia. Para tus padres, Natalia, para ellos, entre todas las estrellas de ese orfanato, tú eras su sol. Tu luz era la única que vieron, y si no los hubieses mirado en ese momento, si en vez de ello hubieras hecho un gesto o, simplemente, hubieses estado dormida, ellos solo te habrían visto a ti. Hubieran contado de forma distinta cómo fue el momento en que te vieron, pero siempre habrías sido tú, ninguna otra.

Natalia parpadeó. Los ojos se le estaban llenando de lágrimas.

Lucía también estaba conmovida, y hasta Pedro permanecía pendiente de las palabras de Iván.

—Yo... yo tengo que pensar en eso que me has dicho. Yo... —A Natalia no le salían las palabras. Con una mano separó de su melena un fino mechón y comenzó a trenzarlo.

—¿Qué haces?

—Trenzar tus palabras en mi pelo.

Iván enarcó una ceja, invitándola a explicarse. Natalia parecía mirar a través de él, pero debió de captar su gesto, porque explicó:

—Lo que me has dicho ha sido... no sé, aún no tengo palabras. Debo pensar en ello. Pero no quiero olvidarlo. Cuando quiero recordar algo, me hago una trenza. Esta misma noche, cuando la deshaga, volveré a pensar en tus palabras.

—Yo creo que es de lo más bonito que he oído nunca —intervino Lucía—. Las dos cosas. Lo de las estrellas y lo de trenzar palabras. Pero ¿qué ha ocurrido, Natalia? Si hacía tiempo que sabías que eras adoptada, pues no puede ser que te lo hayan dicho ahora, ¿por qué querías entrar en un círculo de hadas que haría que todos envejeciesen menos tú?

—Porque hace un año mi madre se quedó embarazada. Lo habían intentado todo antes de adoptarme. Y ahora, ahora..., ahora han tenido a una niña que es sangre de su sangre.

—Tu hermana —puntualizó Pedro.

—Su hija —le corrigió Natalia, que consideraba que el bebé de sus padres no era su hermana.

—¿Qué te han hecho? ¿Te han hecho sentir que ya no eres su hija? —Iván se preocupó.

—No, no, qué va. Se han portado muy bien. Pero es que ella es su hija de verdad. A mí solo me adoptaron porque no tenían hijos biológicos —insistió Natalia, repitiendo la misma idea con palabras diferentes.

—¿Cómo te sientes? —preguntó Pedro, muy serio, tanto que Natalia pensó la respuesta un buen rato antes de contestar:

—A veces desearía desaparecer, o que el tiempo pasara muy rápido, y sé que no es una buena solución, pero por eso me metí en el círculo de hadas. Quería escapar, aunque no irme lejos, solo deseaba que pasara el tiempo porque lo que no sé es cómo encajo yo en toda esta situación. Mis padres dicen que ahora soy una hermana mayor, pero yo no me siento así. Me siento ajena a todo, ajena a la alegría. No siento nada por la niña. Antes todo era perfecto y ella lo ha estropeado. Ha destrozado el equilibrio.

Pedro sonrió, un gesto inoportuno después de que Natalia desnudara su alma ante los tres. Natalia apretó los puños, disgustada, y lo miró con expresión de enfado, pero Pedro levantó las manos con las palmas hacia arriba, pidiendo calma, mientras decía:

—Pero si eso que sientes es lo que pasa siempre que viene un hermano nuevo. Créeme, lo he vivido, soy un experto. Tengo tres hermanos pequeños —añadió, enumerando con los dedos—. No tengo recuerdos de cuando nació Nacho, el segundo, pero sí de cuando nacieron Rocío y Jaime. Cuando nació nuestra hermana, Nacho, que hasta entonces había sido el pequeño de la casa, se volvió más rebelde aún, y eso de tener a la enana llorando a todas horas, y oliendo fatal, y haciendo que nuestros padres no durmieran y estuvieran de mal humor y perdieran la paciencia y nos regañaran constantemente, no nos gustó nada. A punto estuvimos de regalarla, pero nuestra madre nos pilló cuando salíamos de casa con ella metida en una caja de cartón y nos echó la bronca del siglo. Nada volvió a ser como antes, pero al final se estableció un nuevo... ¿cómo lo has llamado? Equilibrio. Eso es. Pero luego nació Jaime, y vuelta a empezar. Rocío era todo llanto y pataletas, hasta que volvimos a encontrar nuestro sitio en la familia. Natalia, yo no sé lo que es sentirme ajeno o diferente dentro de mi familia, pero entiendo que tú puedas sentirte así porque creas que ser adoptada importa. Pero también creo, de verdad, que no son más que celos.

Los tres estaban con la boca abierta. Hasta ese momento habían conocido a un Pedro que parecía frívolo e impulsivo, y ni por un instante imaginaron que quizá se comportase así para llamar la atención. En cualquier caso, no habían pensado que pudiera hablar con tanta coherencia. Empezaron a verlo de manera distinta.

—Por cierto, a estas alturas no creo que tus padres vayan a devolverte, supongo que ya se habrán encariñado contigo. —Pedro sonrió dando a entender que era una broma—. Venga, piénsalo, no es nada raro, lo que pasa es que tienes celos de tu hermana pequeña porque hasta ahora has sido hija única. En adelante te toca compartir con la nueva princesa.

Natalia nunca se había considerado una persona celosa. Sin embargo, era cierto que siempre había tenido a sus padres para sí. Quizá lo que sentía no era solo el temor de no ser bastante buena, sino que se le unía la necesidad de «competir» con la niña. Con cuidado, Natalia separó otro mechón de pelo y comenzó a hacerse otra trenza.

—Ah. —Pedro sonrió—. Me alegra que vayas a pensar en ello. Y, ya puestos, piensa que esta niña biológica es la que les tocó, tienen que cargar con ella, pero a ti te eligieron, y eso te hace especial de otra manera. Y ahora me voy a hacer un pis por ahí, que el baño de dentro no tiene agua. —Se levantó y se encaminó hacia los árboles, silbando una melodía.

Los otros tres se miraron.

—Vaya. Eso ha sido toda una sorpresa —comentó Iván.

—Ya... y hasta puede que Pedro tenga razón —convino Natalia, que no era tan orgullosa como para no considerar otros puntos de vista.

—De todas formas, ¿por qué no hablas con tus padres? ¿Por qué no les cuentas lo que te preocupa? Yo tampoco creo que dejen de quererte o te traten peor ahora que tienen una hija biológica. Pero estoy de acuerdo con Pedro en que, lo quieran o no, te van a tratar de otra manera porque hay una cuarta persona en vuestro mundo —sugirió Iván.

Natalia no contestó, pero acarició las dos nuevas trenzas en su melena.

Sacrificios

Al cabo de unos momentos Pedro volvió de entre los arbustos, y oyeron que se lavaba las manos con agua de la bomba. Al acercarse, secándose las manos en la camiseta de rayas, vio que los otros tres estaban sentados en el suelo frente a la casa, donde el techo había protegido una pequeña zona de la lluvia. Fue al interior de la casa y, cuando volvió a sentarse junto a ellos, traía un paquete de galletas saladas. Sacó una y le pasó el paquete a Natalia. Natalia también tomó una y se lo pasó a Iván, quien negó con la cabeza sin hacer amago de coger el paquete, así que Natalia se lo lanzó a Lucía, sentada frente a ella.

Pedro había seguido la trayectoria del paquete, y antes de que Lucía pudiera sacar una galleta, le preguntó:

—Y tú, Lucía, ¿cómo es que has llegado hasta aquí corriendo? ¿De qué huías?

Lucía pensó en la llamada telefónica y en lo acertado del término «huir» que había empleado Pedro. El chico demostraba ser más perspicaz de lo que parecía.

Como estaba tan a gusto con ellos, y sentía que tras las historias de Iván y Natalia ella debía aportar la suya, empezar a hablar le costó menos de lo que había supuesto, aunque no por ello fue fácil.

—Mis padres se separaron cuando empezó el curso pasado. Me lo dijeron el 15 de septiembre, y el 17 ya habían hecho los papeles de la separación. Mi padre se fue el mismo día 15. Había sacado maletas con ropa y cosas suyas mientras yo estaba en el colegio.

Lucía hizo una pausa. Era la primera vez que lo contaba a alguien.

Dejó el paquete de galletas en el suelo y Natalia aprovechó para tomar una mano entre las suyas y apretarla para infundirle fuerza.

—Yo no me había dado cuenta de nada —continuó Lucía—. Notaba que no se abrazaban tanto, pero pensé que era porque ambos estaban cansados por haber tenido que trabajar durante el verano mientras a mí me mandaban a casa de mi tía, aquí, donde también estoy pasando este verano. Ahora creo que me mandaron aquí porque ... —La voz se le quebró.

—Porque se estaban separando —dijo Pedro, con intención de ayudarla, pero lo que consiguió fue que se le llenaran los ojos de lágrimas. Natalia hizo amago de ir a abrazarla, pero en ese instante Lucía se puso en pie y se alejó de ellos.

Vieron que su cuerpo se tensaba; Lucía estaba respirando profundamente. Temía que la amabilidad y dulzura de Natalia hicieran que se debilitara y llorara.

Al cabo de un rato, más calmada, volvió adonde estaban sentados los otros y retomó el hilo de la conversación, corroborando la afirmación de Pedro de unos minutos antes.

—Sí. Se estaban separando. Cuando me lo dijeron no me lo podía creer. Yo no quería. No entendía qué había pasado, si mis padres ni siquiera se habían gritado, ¿cómo pude no darme cuenta de lo que pasaba? A mí siempre me ha gustado correr. Corría en el equipo del colegio y en el club de deportes. Mi padre me llevaba los fines de semana a entrenar y a las competiciones. Gané casi todas las carreras en que participé últimamente, incluso salí varias veces en la tele. —No lo dijo para jactarse, solo para que entendieran lo bien que se le daba correr, lo mucho que suponía para ella—. Mi padre se fue a trabajar y a vivir a otra ciudad y no podía venir todos los fines de semana a verme. Aunque mi madre estaba dispuesta a seguir llevándome a las competiciones, no quise volver a correr. Ella pensó que era una fase y que se me pasaría. Pero no fue así. Nunca se lo he dicho a mi madre, pero no es que yo no quisiera correr: correr es lo que más me gusta en el mundo. Pero cuando mi padre se fue, juré que no iba a volver a correr hasta que él volviera. Sacrificaría lo que más me gusta en todo el mundo para que volvieran a estar juntos. Y mi padre no volvió. Pero aunque no volvió decidí no correr. Si podía demostrar que lo había dicho en serio, si podía estar un año sin correr, entonces él regresaría. Me agarré a eso.

—¿Y qué cambió? —preguntó Iván.
—Sí, ¿qué cambió, por qué volviste a correr? —quiso saber Pedro.

—Porque hoy me ha llamado mi padre y me ha dicho que va a volver a casarse. —Lucía hizo una nueva pausa—. Con otra que no es mi madre.

Los otros tres pusieron cara de disgusto.

—Ufff —resopló Pedro.

—¿Y te lo ha dicho por teléfono? —se escandalizó Natalia.

—Qué mal rollo y qué mal hecho —sentenció Iván—. Pero, Lucía, ¿por qué pensabas que sacrificando algo que tú querías ellos volverían? ¿Qué bien les hacía que tú sufrieras?

Natalia tampoco estaba de acuerdo en la forma en que Lucía había actuado. En su visión cósmica del mundo no entendía que la gente hiciera sacrificios que no aportaban nada.

—Sí, ¿por qué dejaste de correr? A lo mejor a tus padres les da pena, pero ellos no son tú y serás quien más sufrirá. Pierdes eso que tan feliz te hace y eso te hará estar triste; además, nadie apreciará tu sacrificio. Esto no es una película de esas en que ofreces algo y ganas algo. Creo que sería mejor que lo hicieras al revés: que te centraras en ser la mejor corredora para estar contenta. A lo mejor hasta vuelves a salir en la tele y tu padre te ve en las competiciones y se arrepiente de no estar todos los días a tu lado.

Lucía se sonrojó.

—Ya, bueno, dicho así no tiene sentido lo que hice —admitió—, pero necesitaba hacerlo.

—Creo que necesitabas alejarte de todo lo que te hacía feliz —dijo Iván—, que querías castigar a los demás, que dejando de correr pensabas que les harías daño.

—No sé qué deciros. Hasta parece un poco tonto, pero entonces era lo único que podía hacer. Renunciar a algo que hacía con mi padre... Pensaba que él sabría que yo no corría porque él se había ido, y entonces volvería. Estaba segura de que él iba a volver. Pero ¿sabéis qué? No me ha preguntado por las carreras ni una sola vez.

—No creo que sea porque no le importa. Quizá se siente culpable por no acompañarte más los fines de semana y tiene miedo de que le digas que no corres porque él se ha ido —dijo Iván, y pareció que defendía al padre.

—No creo que sea eso.

—Pregúntaselo la próxima vez que le veas.

—Quizá.

Lucía se sentía incómoda; Natalia lo advirtió y se levantó.

—Bueno, ahora soy yo quien se va por ahí a los arbustos. ¿Te vienes, Lucía?

—Eh, sí, vale. —Lucía agradeció que cambiara el tema de conversación.

—Chicas, no hace falta. El baño de la casa funciona perfectamente, solo tenéis que abrir la llave del agua. Está a la derecha de los fogones. Ponedla en horizontal.

—Ah, genial. ¿También hay luz?

—No, eso no.

—Pedro, déjanos tu linterna.

Pedro la sacó del bolsillo y se la tendió a Natalia. Cuando se fueron, se volvió hacia Iván y protestó:

—Eh, ¿por qué no me has dicho a mí que había agua en la casa?

—No había caído. Estaba impresionado por la sabiduría de tus palabras.

—Oye, no te burles de mí.

—No es burla. Quizá te lo parezca por la forma en que lo he dicho, pero de verdad que me has impresionado. Bien hecho.

—Gracias. —Pedro se ruborizó; no estaba acostumbrado a recibir cumplidos.

—En serio, creo que has hablado muy bien. Ojalá hubieras conocido a mi abuelo, él también daba buenos consejos. —Iván se entristeció visiblemente.

—Le echas mucho de menos, ¿verdad?

Era obvio, pero Pedro sentía que algo tenía que decir.

—Ni te imaginas.

—¿Hace mucho que murió?

—Esta mañana.

Eso sí que Pedro no se lo esperaba. Quiso preguntar qué había pasado, pero no se atrevía. Iván parecía muy distante y, todo sea dicho, a veces a Pedro le imponía bastante, como si fuera mucho mayor de lo que era en realidad.

—Íbamos en su coche, veníamos aquí —continuó Iván, con la mirada perdida—. Sufrimos un accidente; cuando nos embistió el camión, el abuelo hizo girar el volante para ser quien recibiera el golpe. Fue rapidísimo, un instante, pero sé que intentó protegerme. Y, ¿sabes qué es lo peor? Que cuando estaba en el hospital todos los adultos parecían más preocupados por la herencia que por la pérdida de mi abuelo. Fue asqueroso. No creo que supieran que yo escuchaba, pero me largué de allí en cuanto pude.

—No me extraña que te fueras. Qué mala gente. Lo siento, es tu familia, pero qué mala gente.

Iván no contestó.

El mundo real

Dentro de la casita, las chicas estaban hablando. Lucía había percibido algo especial entre Iván y Natalia, de modo que aprovechó para preguntarle a esta:

—Oye, Iván y tú, ¿os conocíais de antes?

—No, qué va. ¿Por qué?

—Porque parece que os conocéis desde siempre. No por lo que decís, sino por como os comportáis el uno con el otro. Pensáis parecido, él te entiende cuando los demás no lo hacemos, como lo de los colores de la gasolinera. Es como si... ¿cómo lo digo?... como si hubiera una corriente entre los dos. Cuando habláis es como si asistiéramos a una representación teatral; Pedro y yo estamos ahí, pero sabemos que es algo de lo que no formamos parte, como si solo fuéramos espectadores.

—¿Y eso es raro? —preguntó Natalia.

—No. Qué va. Es precioso. Ojalá yo viva alguna vez algo así.

—¿Eh?

—Que ojalá yo llegue a ser así de especial para alguien.

Natalia se ruborizó ante las palabras de Lucía. Era cierto, cuando Iván se dirigía a ella era como si nadie más existiera.

Cuando salieron de la casita, Pedro e Iván estaban en silencio.

Natalia se sentó frente a Iván, lo miró y se ruborizó. Para ocultar su turbación le pidió a Pedro:

—Venga, Pedro, cuéntanos qué te ha pasado. ¿Por qué te has escapado de casa?

Pedro ocultó la cabeza entre las rodillas.

—No puedo decirlo.

—¿Tan terrible es?

—No, no lo es, por eso no puedo decirlo, porque ahora me parece una tontería y me voy a morir de vergüenza.

Los otros tres se miraron extrañados, «¿Pedro, *vergüenza*?» Esas dos palabras parecían incompatibles.

—Pues..., pues..., pues que me han quedado cuatro asignaturas y mis padres me tienen castigado, estudiando. No puedo ir a la piscina más que los fines de semana, ni al cine, ni nada de nada. Así que decidí darles una lección y escaparme.

No hizo falta que le preguntaran qué tipo de lección, porque estaba claro que el mismo Pedro lo consideraba ridículo.

—¿Te cuesta mucho estudiar? —se interesó Lucía, preocupada, porque para ella las notas eran muy importantes.

Pedro parecía cada vez más incómodo. Pensaron que no iba a contestar, pero finalmente lo hizo.

—No demasiado —dijo—. Si estudio, apruebo. A veces por los pelos, pero apruebo.

—¿Y cómo es que te han quedado cuatro asignaturas? —preguntó Lucía, ahondando en el asunto porque no conseguía entenderlo.

Pero Pedro ya no contestó. Volvió a hundir la cara entre las rodillas.

Iván acudió en su rescate.

—Quizá solo querías que te vieran —dijo—,

que te hicieran caso. Tanto suspendiendo esas asignaturas como escapándote hoy.

Pedro alzó la mirada hacia Iván.

—Ya —repuso—. Y ahora me vas a decir que hable con ellos cuando vuelva, ¿no?

—Habla con ellos cuando vuelvas. —Iván sonrió—. Pero vuelve hoy.

Pedro sonrió también, pero era una sonrisa triste. Mirando a Iván se dio cuenta de que no distinguía bien sus rasgos; ya ni veía de qué color eran sus ojos. Empezaba a caer el sol y, oculto este por los árboles que rodeaban la casita o por las nubes que habían vuelto a congregarse sobre sus cabezas, parecía más tarde de lo que en realidad era.

Las palabras de Iván le habían llegado a Pedro más hondamente de lo que a este le habría gustado admitir. Con una frase tan simple como era «pero vuelve hoy», convenció a Pedro, quien, tras haber decidido que regresaría a casa, ya no quiso retrasar el momento de ponerse en marcha.

—El sol se está poniendo —dijo—. Deberíamos irnos ya. Aún queda un buen trecho hasta el pueblo.

—Sí. Tenemos que volver al mundo real —convino Lucía con un suspiro.

—¿Por qué dices que este no es el mundo real? —Siempre pensando en mundos imaginarios, Natalia reaccionó ante las palabras de Lucía, pero al instante se dio cuenta de que no se refería a una oposición entre el mundo real y el mundo de las hadas, sino a algo más íntimo.

—Porque..., porque no lo es, porque este lo hemos hecho nosotros y ahora hay que salir ahí fuera, al mundo real, al mundo en el que hay divorcios y cosas más terribles aún —dijo Lucía.

—Este mundo es el real —apuntó Natalia, con vehemencia—. El otro, el del pueblo y más allá, es el mundo de los adultos. Este es el nuestro, el que hemos construido entre los cuatro, y es tan real, o más, que el que hay ahí fuera.

—Pero a lo mejor te veo en el pueblo y ya no eres tú.

—¿Cómo no voy a ser yo?

—A lo mejor haces como que no me conoces, o cuentas todo lo que os he contado esta tarde a otra gente... —Lucía volvía a mostrarse insegura.

Natalia la abrazó y dijo:

—Anda, venga, no te voy a dar la espalda, créeme. A no ser que esté con mis padres y comiences a mirarnos, a ellos y a mí, en plan partido de tenis. Ahí sí que pasaría de ti.

Lucía, que ya empezaba a captar cuándo Natalia bromeaba, se relajó.

—Deberíamos irnos ya. Pronto oscurecerá, y parece que va a volver a llover —insistió Pedro, intentando movilizar a los demás.

—No lloverá. Pero sí, deberíais iros ya —dijo Iván.

—¿Iros? ¿Tú no vienes? —se sorprendió Lucía.

—No, quiero quedarme un rato más. No os preocupéis, conozco el camino.

—¿Podemos volver otro día? —preguntó Natalia, casi con timidez.

—Siempre que queráis —respondió Iván—. Aunque yo no esté, sois bienvenidos. Y ya sabéis dónde guardamos la llave. —Miró con intención a Pedro, quien rio ante el comentario.

Los tres se levantaron. Pedro entró en la casa y salió al cabo de un instante con su mochila, casi vacía tras compartir toda su comida, a la espalda. Cuando se fueron, salieron por la puerta en vez de saltar la pequeña valla. Iván contempló cómo se alejaban por el camino. Antes de desaparecer, Natalia se volvió y lo saludó. Pero cuando Iván fue a corresponder el saludo, ella reemprendió la marcha y no lo vio.

El espíritu

Los tres iban andando, aún faltaba un buen rato para que cayera la noche, pero también ahora parecía ser más tarde, esta vez debido a la tormenta que, a pesar de las predicciones de Iván, temían que comenzara a descargar en cualquier momento.

Se habían alejado un buen tramo cuando Lucía empezó a quedar rezagada.

Natalia y Pedro se volvieron y vieron que caminaba lentamente, con la vista perdida en las copas de los árboles.

—¿Qué ocurre?

—Ese sonido...

—Son pájaros.

—Sí, pero...

—Venga, que se nos va a echar la noche encima —la urgió Pedro.

Lucía los alcanzó.

—¿Qué pasaba? —preguntó Natalia con suavidad.

—Nada. —Lucía dio una patada a una piedrecilla—. Bueno, sí que pasaba. Al oír los pájaros me he dado cuenta de que llevaba mucho tiempo sin oírlos.

—Será que no has prestado atención.

—No..., no. Antes, al oír los truenos, cuando íbamos a comer, tuve la sensación de que algo fallaba, y era eso, que no había otros ruidos alrededor de nosotros. No había pájaros, ni tampoco insectos. Estábamos en medio del bosque y no había ni un pájaro ni un insecto junto a la casita.

Un escalofrío recorrió la espalda de Pedro.

—¿Estás diciendo que era una casa encantada? A lo mejor, si volvemos, Iván ya no está, devorado por la casa, que saca garras y colmillos al anochecer. —Pedro dijo esto último con tono muy exagerado, porque le daba tanto miedo la posibilidad de que fuese real que necesitaba burlarse de la idea de que la casa estuviera encantada para quitarle importancia.

Lucía y Natalia lo miraron con expresión de escepticismo.

—Venga, chicas, ¡que estaba a punto de quedarme a dormir en esa casa! Lucía, no me hagas pensar en cosas raras.

—¿Y si no es la casa? ¿Y si es Iván? —aventuró Lucía.

—¿Iván? Es verdad que no le vimos hasta que todos entramos en el círculo de setas —repuso Pedro, quien, a pesar de no estar del todo tranquilo con la conversación, no podía estarse callado.

Tras unos instantes, Natalia decidió unírseles en lo que ella creía que era un juego.

—Y nunca supimos qué es lo que vi con el rabillo del ojo cuando yo estaba dentro del círculo —dijo—. Pensé que era Pedro, pero comprobamos que no fue él quien hizo el movimiento que detecté. —Bajó la voz para crear tensión y preguntó—: ¿Y si era Iván antes de hacerse corpóreo?

—Bah, sería algún animalillo. O quizá me moví y no lo recuerdo —dijo Pedro, cada vez más inquieto por el cariz que estaba tomando la charla y ya se arrepentía de haber hablado.

—Pero si decías que no te habías movido —protestó Natalia, divertida al advertir que Pedro se ponía cada vez más nervioso e intentaba ocultarlo.

—Para ya, Natalia. Es que me da muy mal rollo pensar que..., no sé, que pasaba algo raro en la casa, o con Iván —admitió Pedro.

—Pues yo he estado muy tranquila en la casa. E Iván es peculiar, pero parece buena persona. No me ha dado mal rollo —dijo Lucía, saliendo en defensa de Iván.

—Y ha comido. Si fuera un fantasma no habría comido. —Natalia empezaba a aburrirse del juego.

—No ha comido —dijo Pedro, deteniéndose—. Al principio decía que no tenía hambre, y le di tortilla. Pero como no se la comía me la terminé yo. Y luego no quiso galletas cuando las repartimos.

—Pero lo hemos tocado —apuntó Natalia, que ya se estaba hartando. Ella y Lucía se habían parado unos pasos más allá de Pedro y se habían vuelto para mirarlo.

—¿En serio? —dijo él.

Natalia abrió la boca pero volvió a cerrarla sin emitir palabra y siguió andando. Los otros dos la siguieron.

—Bueno, en realidad he estado a punto de tocarle un par de veces —reconoció Natalia al cabo de un rato, tras reflexionar sobre el tema—, como cuando estábamos dentro de la casa y nos ha hablado de su abuelo. Parecía tan triste que pensé que necesitaba un abrazo, pero a la vez se mostraba tan distante que me corté. Pero al final no, no le he tocado.

—Ni yo —dijo Pedro—. Y tú eres una sobona, Natalia, siempre estás abrazando a todo el mundo. Si tú no le has tocado, no creo que Lucía lo haya hecho.

—Yo tampoco le he tocado —confirmó Lucía, muy seria—. Aunque me cae muy bien y dice cosas muy interesantes, Iván es... quizá demasiado... adulto. A veces me parece muy frío, creo que hasta me daba un poco de miedo.

—¿Miedo? No seas tan dura con él, ya sabes que el pobre ha pasado un día horrible. —Pedro pensaba en la tragedia del accidente y daba por hecho que Lucía lo había olvidado, además de sentir que las suposiciones se les estaban yendo de las manos.

—¿Qué le ha pasado hoy? —se apresuró a preguntar Natalia, con vivo interés.

—¿Dónde estabais cuando lo ha contado? Ah, ya, en el baño de la casa. Pues lo del abuelo. Ya sabéis, que hoy iban en el coche del abuelo y se les ha echado un camión encima. El abuelo ha muerto y a él le han tenido un montón de tiempo en el hospital. ¿Imagináis qué mal rollo? Y la familia se estaba repartiendo la herencia del abuelo delante de él.

—¡Uy!, no lo sabía, pobre. Pensaba que lo del abuelo había sido hace mucho. Y él escuchando nuestros problemas. —Natalia se llevó una mano a la boca, sintiéndose muy triste por no haber sabido lo reciente que era el dolor de Iván. Quizá no hubiera sabido consolarlo, pero tal vez, de alguna manera, habría podido compartir su pena.

—A lo mejor nos decía eso de que habláramos con nuestros familiares porque él ya no va a poder hablar con su abuelo nunca más —musitó Pedro, mordiéndose la uña del pulgar.

Lucía sintió que se le erizaba el vello de la nuca y volvió a detenerse en seco en medio del camino.

—¿Y ahora qué? Así nunca vamos a llegar al pueblo —protestó Pedro.

—Pero ¿no os habéis enterado de las noticias de hoy? En todos los canales estaban con lo mismo: con el accidente del camión que se ha estrellado contra un coche a la entrada del pueblo. Dentro iban un abuelo y su nieto, y la última vez que escuché la tele, los dos estaban graves. Los dos. Si Iván es el chico del accidente, entonces no puede estar aquí. Y aunque hubiera mejorado no le habrían dejado irse del hospital. Lo sé porque mi tía es médico y sé cómo funcionan esas cosas.

—Entonces... —Pedro empezó a sentir un hormigueo en la espalda.

—O bien no es quien dice ser... —repuso Lucía— y no sé por qué diría que había estado en un accidente sin estarlo, o...

—¿O...?

No encontraban las palabras.

—O es un fantasma. O un espíritu —afirmó Natalia.

Aquello ya no era un juego.

De pronto parecía que hacía mucho más frío en el bosque.

—¿Volvemos y le preguntamos? —sugirió Lucía, aunque no le apetecía nada volver.

—Puede que ni él mismo sepa que es un espíritu. —Natalia parecía ser la experta en esos asuntos, igual que Pedro había parecido serlo en vampiros.

—Venga, vamos, dejaos de tonterías que vamos a llegar muy tarde a nuestras casas —dijo Pedro con brusquedad para alejar los pensamientos acerca de que Iván era un espíritu y hacer que las chicas volvieran a ponerse en movimiento.

—¿Y ahora tienes prisa, Pedro? —Natalia parecía molesta.

—Pues sí —respondió él—. Si no llego demasiado tarde nunca sabrán que me había escapado de casa, o sí, pero pensarán que solo un rato, no algo casi definitivo como pensaba hacer. Venga, vamos, Iván tendrá sus razones para decir lo que ha dicho. No me creo que sea un fantasma. Mañana volvemos y le preguntamos, ¿vale? —Echó a andar. Al ver que las chicas no lo seguían se volvió hacia ellas y añadió—: Volveremos mañana y ya está. Lucía, tú tienes que regresar para llevar la funda de almohada, te acompañaremos. ¿De acuerdo?

Camino al hospital

Natalia les lanzó una mirada decidida.

—Yo me voy al hospital. Ahora mismo. —Se volvió hacia Lucía y le preguntó—: ¿Dónde está? ¿Adónde han llevado a los heridos?

Lucía se esforzó en recordar.

—Al de la ciudad —contestó.

—¿Y cómo se llega?

Ni Pedro ni Lucía contestaron.

—Venga, que no soy de aquí, que solo estoy de vacaciones. ¿Cómo voy? ¿En bus, en tren, tengo que ir en taxi?

Pedro conocía el horario de autobuses y trenes al dedillo. Había dedicado horas, que podía haber invertido en estudiar, en planear su fuga del pueblo. Por un lado, no quería decirle nada a Natalia, porque le parecía una locura que quisiera ir a la ciudad, pero por otro, al ver lo seria que estaba, no pudo contenerse y dijo:

—Podemos ir en el tren de cercanías. Me sé el horario, lo estudié por si me largaba del pueblo. Pero... —Hizo una pausa, en esta ocasión no para crear expectación, sino porque lo que iba a decir le preocupaba de verdad—. Pero si vamos, ya no podremos volver esta noche al pueblo, no hay trenes de vuelta hasta mañana por la mañana.

—Nos quedaremos atrapados en la ciudad —musitó Natalia, retorciéndose un mechón de pelo—. Espera, ¿has dicho, si vamos?

—Pues claro. Somos amigos. No puedo dejar que vayas tú sola. A veces hay que saltarse las normas y hacer lo que está bien.

Pedro la miró con decisión y Natalia lo abrazó. Se separaron y ambos se volvieron hacia Lucía.

Lucía tragó saliva, su corazón latía a mil por hora.

—Yo también voy —dijo.

Los otros dos se acercaron a abrazarla. Una vez tomada la decisión, no volvieron a hablar de ello, quizá por miedo a que de sus bocas salieran palabras que tacharan el viaje de locura y las dudas ganaran la batalla.

Estaba cada vez más oscuro, así que caminaban más despacio porque no veían bien donde pisaban. Al fin llegaron a un camino asfaltado flanqueado por farolas, y apretaron el paso. Aún les quedaba un tramo para llegar a las vías, cuando se oyó la llegada estruendosa de un tren en la estación.

En un instante Lucía se dio cuenta de que si no hacía algo no lograrían llegar a tiempo y el tren se iría sin ellos. Hasta ese momento había seguido con Natalia y Pedro para que no creyeran que era una cobarde, y porque no quería quedarse sola en el bosque. Al principio pensaba que tomar el tren era una locura y le daba vueltas a qué excusa presentar antes de separarse de ellos en la estación. Pero durante el paseo en silencio, empezó a plantearse que quizá fuera verdad lo del fantasma, y al fin y al cabo sentía una cierta responsabilidad, porque había sido ella quien empezó a señalar los detalles que no encajaban.

Así que, al oír el sonido del tren, se decidió a ayudarlos, gritó para que los otros dos la siguieran y echó a correr. La carrera de la tarde no había sido nada comparada con la de ahora: respiración, posición de la pisada, longitud de la zancada, nada de aletear con los brazos... Consiguió una concentración total. Lo que los amigos vieron fue que Lucía salía como una exhalación, y, tras un momento de sorpresa, fueron tras ella.

Lucía vio que el tren entraba en la estación, que las puertas se abrían, que bajaban algunos pasajeros, que subían otros pocos, oyó el silbido que marcaba que no se admitían más viajeros y vio que comenzaban a cerrarse las puertas, de modo que saltó en el último instante y bloqueó estas con el cuerpo. Las puertas ni se abrían ni terminaban de cerrarse y, tras un intervalo que a Lucía le pareció una eternidad, volvieron a abrirse. Fueron los segundos que necesitaron Pedro y Natalia para llegar junto a Lucía y deslizarse dentro del vagón arrastrando a su amiga con ellos. Los tres cayeron en un revuelo de brazos y piernas, pero nadie se extrañó de verlos entrar así porque el vagón estaba vacío.

Las puertas se cerraron de nuevo sin que nada lo impidiese, y el tren se puso en marcha.

Pedro y Natalia siguieron tirados en el suelo aproximadamente un minuto, sin aliento, incapaces de articular sonido. Para Pedro no poder pronunciar palabra era más duro que la quemazón que sentía en el pecho, así que, a pesar del dolor, empleó la primera bocanada de aire que entró en sus pulmones en elogiar a Lucía.

—Eras como el viento.

—Ha sido impresionante —coincidió Natalia unos segundos después, cuando finalmente consiguió hablar.

Las mejillas de Lucía estaban encendidas, pero no era por falta de aire sino por el rubor que las palabras de sus nuevos amigos habían provocado en ella. Encantada con los cumplidos, se frotaba de forma inconsciente los antebrazos, aplastados por el golpe de las puertas del vagón. Pedro se dio cuenta y la obligó a sentarse a su lado y se puso a dar masaje a uno de sus brazos.

—Vas a tener que contratarme como médico —dijo Pedro—; siempre te estás dando golpes.

Mientras, Natalia se echó el pelo hacia atrás, apartándolo de su cara, ya que con la carrera la larga melena se le había enredado. Se pasó los dedos como si fueran un peine, con cuidado de no deshacer las dos finas trenzas que había hecho a un lado de la cabeza. Se sentó frente a Pedro y Lucía.

Entonces, ya más tranquilos, se miraron unos a otros. Sabían que ya no había marcha atrás, los tres habían tomado una gran decisión y la mayor consecuencia era que por el momento no volverían a sus casas.

Antes de que anochezca

Fuera ya era casi de noche. Viajar en el tren era como viajar en una burbuja de luz.

Aunque su parada era la siguiente, durante el trayecto tuvieron tiempo de comenzar a dudar. ¿Y si no era verdad? ¿Y si ahora Iván estaba en la casita? Lejos del bosque, y bajo las luces del vagón, la certeza de que aquel chico era un espíritu y no una persona de carne y hueso empezó a perder consistencia y a parecer pura fantasía.

Sin embargo, a pesar de las dudas que amenazaban su anterior certeza, Natalia sentía una extraña inquietud; quería llegar al hospital lo antes posible, antes de que anocheciera. Era lo único que quería. Luego, si se habían equivocado, ya verían qué hacían y cómo se lo explicaban a sus familias.

Mientras Natalia se retorcía las manos con preocupación, Pedro empezó a desenrollar el improvisado turbante que Lucía aún llevaba en la cabeza. Con satisfacción, vio que el corte había dejado de sangrar.

—A ver, tienes el pelo muy corto, pero si haces así —colocó unos mechones de pelo de Lucía sobre su frente—, no se te ve la herida. Bueno, casi no se te ve.

Pedro dobló la funda de almohada con cuidado de forma que la mancha de sangre seca quedara hacia dentro y la guardó en su mochila, porque Lucía no sabía dónde meterla.

Cuando el tren entró en la estación, estaban nerviosos. No sabían si algún pasajero de otro vagón o algún revisor los había visto saltar dentro del tren. Incluso pensaron que el mismo maquinista, que debió de quedar intrigado al ver que las puertas no cerraban, pudo ser testigo de su entrada catastrófica y haber avisado a la policía de la siguiente estación para averiguar qué pasaba. Además, se sentían culpables porque no habían parado a comprar billetes.

La suerte estuvo de su lado y nadie esperaba en la estación para detenerlos y hacerles preguntas, así que, en cuanto las puertas se abrieron, saltaron al andén y se escabulleron fuera del edificio.

Una vez en la calle, Pedro guio a las chicas hacia la parada de taxis. Tenía dinero porque al fugarse se había llevado todos sus ahorros, y estaba dispuesto a invertirlos en llegar rápido al hospital. Antes de que subieran, el taxista se asomó por la ventanilla y preguntó extrañado:

—¿No hay ningún adulto con vosotros, guapos?

Lucía venció su timidez y respondió:

—Mi tía trabaja en el hospital. Tenía que venir a buscarnos pero con lo del accidente ha tenido que doblar un turno. Nos ha dicho que vayamos allí y ella se encargará de nosotros.

El taxista pareció convencido, Lucía irradiaba sinceridad.

—Venga, subid, que no son horas para que andéis solos por aquí. —El hombre les indicó que entraran.

Los tres se sentaron en el asiento trasero y,

durante el trayecto, el conductor no paró de hablar del suceso.

—Muy mal asunto lo de ese accidente —les dijo—. En total han sido veinte los coches que han chocado en cadena después de que volcara el camión. No me extraña que todos en el hospital estén hasta arriba de trabajo; de hecho, hoy no he parado de llevar y traer a familiares de los heridos.

Cuando llegaron al hospital y se despidieron del amable taxista, decidieron por unanimidad que, ya que a Lucía se le daba tan bien hablar con los adultos, y que su tía trabajaba allí, iba a ser ella la encargada de averiguar si Iván estaba en el hospital y, si estaba, en qué habitación.

Mientras Natalia y Pedro esperaban entre una nube de familiares de los involucrados en el posterior choque en cadena, Lucía hablaba con los recepcionistas. No conocía a ninguno, pero dijo quién era y un guardia se ofreció a ir en busca de su tía.

La mujer llegó corriendo y la abrazó.

—Lucía, cariño, qué preocupados estábamos todos. Tu padre me llamó y me contó lo que había pasado, y tú no contestabas, los vecinos no sabían nada y yo aún no puedo salir del hospital.

—Estoy bien, tía, ¿estás operando a personas heridas en el accidente?

—Sí, cariño. Tienes que llamar a tu padre, y a tu madre también —dijo su tía, a quien no parecía interesarle hablar del accidente.

—Ahora mismo, tía. Pero, ¿tú todavía no sales? —insistió Lucía.

—No, no, estamos pendientes de la evolución de varios pacientes a los que hemos operado de fracturas graves.

—¿Como al chico del coche al que aplastó el camión?

—¿Eh, quién? —Su tía hizo una pausa y por un instante Lucía se puso muy nerviosa, ¿y si el chico del accidente no estaba en este hospital sino en otro? Pero tras unos instantes la mujer compuso una expresión de lástima; ya había recordado quién era por quien preguntaba su sobrina—. No, pobrecillo, a ese no. Está en coma. Otro equipo se ha encargado de él. Pero ¿qué te estoy contando? Venga, llama a tus padres. —Se volvió hacia uno de los recepcionistas—. Ocúpate de mi sobrina, dale lo que necesite, comida, bebida, lo que sea. Intentaré salir en dos horas como máximo. Y deja que llame a sus padres, están locos de preocupación.

En cuanto su tía se fue, Lucía hizo como que marcaba en el inalámbrico que el recepcionista le había alcanzado, pero su corazón estaba desbocado y no sabía qué números pulsaba. El chico que había sufrido el accidente estaba en el hospital, pero ¿sería Iván?

Fingió que, tras marcar, nadie contestaba. Decidió hacer tiempo iniciando una conversación con el recepcionista.

—Hay mucha gente en el hospital —dijo.

—Son los familiares de los heridos —contestó el hombre—. Pero no has visto nada: esta mañana y a primera hora de la tarde era aún peor.

—Dice mi tía que hasta hay gente en coma.

—Un chico. Pobrecillo, iba en coche con su abuelo y el camión se les echó encima. Son los que salieron peor parados. El abuelo ya ha fallecido y es un milagro que el chaval siga con vida.

—¿Sí? ¿Dónde está?

—En cuidados intensivos. Pero he oído que no saben si pasará de esta noche.

Lucía le devolvió el inalámbrico, le dio las gracias y salió corriendo. Sabía dónde estaba cuidados intensivos, pero antes tenía que recoger a Natalia y a Pedro, quienes esperaban noticias, cada vez más nerviosos.

—Sé dónde está —susurró al localizarlos entre el gentío. Lo que no dijo fue que no estaba convencida de que el chico en estado de coma fuera Iván.

Lograron subir a la planta de cuidados intensivos sin que nadie los interceptara; todo el personal médico estaba demasiado ocupado.

Pero al llegar descubrieron que la unidad de cuidados intensivos estaba formada por varias habitaciones, algo con lo que no habían contado. Daban a un pasillo, y no podían entrar y salir de todas ellas. Natalia era quien se mostraba más nerviosa de los tres, cambiaba su peso de una pierna a otra sin decidirse hacia dónde ir. No podían permanecer mucho rato en el pasillo o alguien acabaría por descubrirlos. De pronto, Natalia se fijó en la puerta de una de las habitaciones. Corrió hacia ella.

—Tiene que ser aquí —afirmó, señalando el número de la puerta.

Era la habitación número once. El mismo número que el de la casita.

Entre todas las estrellas

En el prado, sentado fuera de la casita, Iván no sentía el frío del atardecer.

Contemplaba el horizonte, esperando ver surgir el primer planeta, que parecía la primera estrella. Lo vio, y también a las estrellas que lo siguieron, porque las nubes de la que parecía una tormenta inminente se habían disipado.

Cuando terminó de ponerse el sol y cayó la noche, Iván sintió que ya había hecho todo lo que tenía que hacer. Se tumbó de espaldas sobre la hierba y estiró las manos y las piernas rozando con sus dedos las briznas. Cerró los ojos, y, aun así siguió viendo el mismo universo que había visto cuando los tenía abiertos.

Poco a poco las luces del firmamento se fueron apagando, enviando su luz moribunda a la noche eterna del espacio, hasta que solo quedó una estrella, la que siempre señalaba su abuelo. Iván se fue relajando, sabiendo que se estaba quedando dormido, más profundamente de lo que nunca había dormido. Su escasa atención estaba fija en la estrella que, aunque brillaba con luz cada vez más débil, se resistía a apagarse, y eso hacía que el propio Iván no terminara de sumirse por completo en el profundo sueño, de zambullirse en la más negra de las oscuridades.

Flotaba en el éter y la estrella del abuelo seguía captando la poca atención que le quedaba.

De pronto, una voz irrumpió en la tranquilidad de Iván. Al principio no era más que un susurro, intuido más que escuchado, pero se fue acercando, o quizá fue él quien se fue acercando a la voz al tiempo que la estrella del abuelo empezaba a titilar con un brillo cada vez más intenso, como si la voz avivara un fuego en su interior y la hiciera resplandecer en el firmamento.

Con curiosidad, intentando desentrañar esas

palabras que se oían con creciente claridad, Iván hizo un esfuerzo por desviar su atención de la estrella y centrarla en unas que encerraban tanta esperanza como angustia, porque quien las pronunciaba tenía miedo de que fuera demasiado tarde.

—Entre todas las estrellas... Entre todas las estrellas....

Iván se sintió arrastrado hacia las palabras. Por un instante dudó, parado en el límite de algo inmenso. Cuanto más se acercaba a la fuente de las palabras, más presión sentía. La presión era incómoda, dolorosa; en cambio, dejarse ir, flotar, eso era indoloro. Dejar de ser... Pero si se iba se perdería tanto...

Con un esfuerzo mayor que cualquiera que hubiese hecho en toda su vida, Iván logró entreabrir los ojos y percibió una mancha coronada de luz, solo una mancha, pero sabía muy bien de quién se trataba, y su certeza se vio confirmada cuando oyó la voz de la chica que, entre lágrimas, terminaba la frase que lo había sacado de la oscuridad:

—...Tú eres mi sol.

Iván intentó sonreír, pero no estaba seguro de haberlo logrado, porque los músculos de la cara no le respondían y, además, tenía algo metido en la boca. Enfocando la vista vio la cara de Natalia, quien reía y lloraba a la vez, como hacían los adultos en ocasiones. Entonces sintió un tirón tremendo en el brazo, pero ya tenía los ojos cerrados de nuevo porque la luz artificial del hospital lo cegó en cuanto la cabeza de Natalia dejó de interponerse entre él y la luz del techo.

En la habitación, Natalia ya no pisaba el suelo; un hombre la había alzado en volandas e intentaba sacarla de la habitación mientras otro se esforzaba por abrir sus dedos, con los que atenazaba la mano de Iván, y un pitido demencial avisaba de que las constantes de Iván habían cambiado: estaba saliendo del coma.

Fuera, en el pasillo, Lucía y Pedro se encontraban retenidos por dos personas. Hasta unos segundos antes ambos habían estado en la habitación número 11, apoyados contra la puerta, que alguien aporreaba desde el exterior, y también se oían gritos, aunque se supone que en los hospitales no hay que gritar.

Todo había ocurrido en unos instantes. Los tres se habían colado en la habitación número 11, sorprendentemente vacía de familiares o personal sanitario. No sabían que los médicos habían hecho salir a los familiares y en ese preciso instante se hallaban en la habitación de al lado discutiendo sobre el estado de Iván.

Al entrar, les dio un vuelco el corazón cuando se acercaron a la cama y comprobaron que el chico que estaba tendido en ella, unido mediante tubos a una máquina que respiraba por él y con mil cables saliendo de debajo de las sábanas, era Iván, un Iván más pálido e, irónicamente, de aspecto más fantasmagórico, que el que habían conocido en la casita, pero indudablemente se trataba de la misma persona. Sin perder ni un instante, Pedro y Lucía retrocedieron hasta apoyarse contra la puerta que daba al pasillo y Natalia apretó la mano de Iván mientras comenzaba a susurrarle al oído las palabras que finalmente consiguieron traerlo de vuelta. Entonces las máquinas empezaron a emitir pitidos, y alguien por fin logró abrir la puerta lanzando a Lucía y a Pedro contra la pared, y entró gente a toda prisa. Un par de hombres separaron a Natalia de Iván y el resto se afanó en mil tareas alrededor de este, que había recobrado la conciencia.

Iván dejó de sentir los dedos de Natalia y su brazo cayó, lacio, sobre la cama. Entonces oyó que ella gritaba su nombre, y habría querido decirle que estuviera tranquila, que él no se iba a ir, que pensaba quedarse, pero no conseguía articular palabra, y además ya tendría tiempo de decírselo todo cuando se recuperara. Perdió la conciencia, pero esta vez solo se sumió en un sueño normal.

El resto del verano

Iván despertó del coma con las piernas rotas, varias costillas fracturadas, el cuerpo magullado y contusiones diversas, pero estaba vivo.

Lucía no recibió ningún castigo: su familia estaba tan aliviada de que hubiera aparecido, que hasta alabaron el que hubiese tenido la presencia de ánimo de ir al hospital para dar con su tía cuando se vio en la calle sin dinero ni documentos ni móvil. Pero a Natalia y Pedro les cayeron dos buenas broncas por haberse ido a la ciudad sin permiso.

Ninguno de los tres quiso contar la peculiar historia de cómo habían conocido a Iván en el bosque, porque los adultos sabían que Iván había estado todo el día en coma en el hospital. Para explicar por qué se habían colado en la habitación, dieron a entender que lo conocían desde hacía tiempo y que, al enterarse del accidente, habían decidido ir a verlo. Los padres de Iván se emocionaron por la lealtad de los tres chiquillos, y los padres de Natalia y de Pedro se ablandaron un poco al oír la historia, pero no levantaron el castigo que les habían impuesto.

A pesar de que sus padres estaban muy enfadados, esa misma noche Natalia y Pedro hicieron lo que Iván les había sugerido: hablaron con ellos. Esa primera conversación no lo solucionó todo de inmediato, pero sí consiguió que se abriese una puerta para que las cosas empezaran a cambiar.

Lucía aplazó la conversación familiar hasta el día siguiente, cuando llegaran sus padres, pues de temas tan personales como lo eran sus sentimientos prefería hablar en persona, no por teléfono. No pensaba hacer lo que había hecho su padre el día anterior.

Durante el resto del verano los cuatro amigos

se siguieron viendo. A Iván, a pesar de la seriedad del accidente y la gravedad de las heridas, le dieron el alta relativamente pronto, y coincidió con el levantamiento del castigo de Natalia y Pedro.

Iván era muy parecido al Iván de la casita, solo que más humano, o al menos esa era la impresión que tenían Lucía y Pedro, quienes ya no se sentían intimidados por él. De todas formas, Iván seguía comportándose como si fuera mucho más maduro de lo que se esperaba de un chico de su edad, como si hubiera vivido una vida más larga que la de los demás en el mismo espacio de tiempo.

En su casa, a Pedro le cambiaron los horarios de estudio. Tenía libres las mañanas hasta las diez, de modo que se levantaba pronto y quedaba con Lucía, que había empezado a enseñarle a correr. Después del entrenamiento, ella seguía corriendo y Pedro volvía a casa a desayunar con su familia, para luego estudiar hasta la hora de la comida. La disciplina que Lucía imponía en el deporte, Pedro empezó a aplicarla en otros ámbitos de su vida. Le costó mucho, pero logró ir asimilando los contenidos de las asignaturas, y un día cayó en la cuenta de que eran más las páginas que llevaba estudiadas que las que le quedaban por estudiar.

Natalia pasaba las mañanas con su familia. Empezó a llamar «hermana» a la pequeña e incluso le tomó el gusto a darle el biberón, pero se negó a cambiarle un solo pañal. La familia, ahora sí de cuatro, llevaba una vida muy tranquila: una mañana la pasaban en la piscina, sentados bajo el sol o en la sombra, otra iban al mercado local, otra a visitar los pueblos de los alrededores, y así pasaban los días.

Después de que Iván durmiese la siesta, Pedro, tras repasar lo estudiado durante la mañana, solía acercarse a su casa, donde merendaba y le enseñaba a su amigo a jugar con la PlayStation. Luego, mientras los padres de Iván ayudaban a este a prepararse y preparar su silla de ruedas, Pedro, invariablemente, se empeñaba en intentar jugar un rato con el gato, que había pertenecido al abuelo de Iván y que ahora vivía con su amigo. A Pedro no le gustaban especialmente los gatos, pero sentía que con este tenía una relación muy íntima, ya que en la casita había usado su tenedor de plástico para comer calamares. Luego de que el gato lo ignorara sistemáticamente, Pedro sacaba a Iván en la silla de ruedas para que tomase el aire. Un día intentó llevarlo hasta la casita, pero nada más entrar en el viejo camino del bosque, una rueda de la silla se trabó entre las piedras e Iván cayó al suelo. Pedro se tiró a su lado y rieron juntos.

A veces, cuando tras el paseo regresaban a la casa de Iván, se encontraban a la tía de Lucía, quien, sabiendo que Iván era amigo de su sobrina, y también por interés profesional, pasaba a menudo a ver cómo seguía. Lucía iba con ella y, cuando su tía había examinado a Iván, los jóvenes se iban dejando a los adultos charlando un rato más.

A cambio de que Lucía le enseñase a correr, Pedro le enseñaba a ella a reírse del mundo y un poco de sí misma. Cuando la conoció le pareció una chica demasiado seria, y le llamó la atención que se tomara a la tremenda cualquier comentario hacia su persona. Pedro y Lucía corrían muchas mañanas hasta la casita del bosque, pero no entraban porque allí ya no estaba Iván. El camino de regreso lo hacían, en parte, andando, y Lucía poco a poco aprendió, sin pretenderlo, a bromear como Pedro y a comprender que no era necesario tomarse tan a pecho todos los comentarios que la gente le hacía.

A pesar de no pasar tanto tiempo con ellos, Natalia se acercaba a verlos todas las tardes, un par de veces incluso llevó a su hermanita, a quien poco a poco comenzaba a idolatrar.

Como pasaba tanto tiempo anclado en la silla de ruedas, Iván había rescatado el viejo hobby de la pintura. Le gustaban especialmente las acuarelas. Una tarde en que llegaron los amigos, Natalia se mostró interesada en ellas. A Iván le resultaba curioso que alguien que se fijaba tanto en los colores nunca hubiera intentado pintar. En realidad, Natalia no había sentido especial interés por la pintura hasta ese momento, y, animada por Iván, descubrió que reproducir aquello que la rodeaba era casi tan mágico y hacía que se sintiese tan bien como cuando bailaba. Iván y Natalia adoptaron poco a poco la costumbre de sentarse frente a frente a dibujar, primero un mismo objeto y luego, según fue avanzando el tiempo, a retratarse mutuamente.

Entretanto, Lucía y Pedro echaban una partida con la PlayStation, solo una al día, porque Lucía ganaba siempre y a Pedro le daba mucha rabia. Luego se reunían con los artistas y hablaban de todo y de nada a la vez, mientras daban cuenta de una segunda merienda.

Cuando no estaba con Iván, Natalia dibujaba a quien se convirtió en su modelo favorita: su hermana. Los otros tres amigos estuvieron de acuerdo en que el número de poses que podían soportar ver de la hermana durmiendo era limitado, pero lo cierto es que día a día la pequeña que aparecía en los retratos se asemejaba cada vez más a la real y menos a la patata de los primeros dibujos.

Fue Pedro quien lo dijo al ver un boceto de la niña —«Parece una patata»—, y los otros dos asintieron, para mosqueo de Natalia. A partir de ahí, en vez de preguntarle por su hermana, preguntaban por «la patata».

Natalia llegaba la última a casa de Iván, pero también era la última en irse, y se quedaba con él cuando Pedro se marchaba a su casa a leer por encima las lecciones que estudiaría al día siguiente y Lucía a ayudar a su tía a preparar la cena. Era el rato en que ambos estaban a solas mientras recogían los útiles de pintura.

Una mañana, el albacea del abuelo convocó a toda la familia de Iván. Cuando leyó el testamento, Iván se quedó con la boca abierta, literalmente, al enterarse de que le había dejado en herencia la casita del bosque. Y todavía más le sorprendió el que a sus familiares les pareciera bien. Todos se habían mostrado tan preocupados por la herencia en el hospital que pensó que les sentaría mal saber que no eran sus hijos sino su nieto quien recibía una de las casas. Pero había más que suficiente para todos, no en vano el anciano era dueño de medio pueblo, y ningún adulto protestó, pues había repartido equitativamente sus posesiones entre sus hijos e incluso había tenido en cuenta a sus nietos. No esperaba morir ese día, pero era un hombre previsor y tenía todo preparado para evitar peleas entre sus descendientes.

A Iván le habría gustado ir a celebrar que la casita era suya organizando una fiesta como las que recordaba de niño, con lamparillas, guirnaldas y música, e invitar a ella a sus tres nuevos amigos y a nadie más. Pero como por el momento solo podía desplazarse en silla de ruedas y había comprobado que llegar en ella a la casita era imposible, no dijo nada.

Pero sus amigos sí dijeron algo. Sin que Iván lo supiera, acordaron un plan con los padres de todos. Pidieron permiso para pasar parte de la noche fuera. Prepararon sacos de dormir y comida en abundancia.

La tarde del 12 de agosto, día en que iban a producirse las Lágrimas de San Lorenzo, la lluvia de estrellas más espectacular del año, los padres de Iván sentaron a este en el asiento trasero del coche y, a pesar de los baches del viejo camino del bosque, lo llevaron hasta la casita. Instalaron guirnaldas y farolillos y se sentaron al lado de su hijo, tendido sobre una manta en la hierba, a recordar al abuelo y todos los buenos momentos que habían vivido allí. Iván sintió que recuperaba parte de su niñez.

A última hora de la tarde, Iván se sorprendió al ver llegar a sus tres amigos. Se saludaron como si hubieran estado separados años, y no solo desde la tarde anterior. Era la primera vez que los cuatro volvían a la casita. Tras hacerles prometer que si había cualquier problema los llamarían, los padres de Iván comprobaron que el móvil de su hijo tenía cobertura y se fueron, acordando volver a recogerles sobre las tres de la mañana.

Los cuatro celebraron una cena muy parecida a la comida que habían compartido en la casita a principios del verano, solo que en esta ocasión Iván sí comió, e incluso le robó el último trozo de tortilla a Pedro.

Cuando la oscuridad de la noche lo cubrió todo, apagaron los farolillos y vieron que el cielo se iluminaba y las estrellas empezaban a cruzar el firmamento. Era un espectáculo impresionante. Iván pensó en su abuelo. Sabía que, desde la noche del accidente en adelante, cada vez que contemplara las estrellas, le recordaría; nunca olvidaría cuánto se habían querido.

Los cuatro estaban tendidos en la hierba sobre sacos de dormir, sin apartar la vista del cielo. Pedro y Lucía formulaban, en silencio, deseos a toda velocidad, porque cada estrella fugaz concede uno. Cuando se quedaron sin deseos que pedir, sencillamente comenzaron a contar las estrellas que caían.

Junto a ellos, Iván y Natalia, tumbados el uno al lado del otro, habían entrelazado sus manos. No pedían nada a las estrellas, porque todo cuanto querían ya lo tenían.

Como si se hubieran puesto de acuerdo, en un momento dado volvieron la cabeza para mirarse. No hizo falta que lo dijeran en voz alta, pero ambos susurraron, a la vez, el final de la frase que le devolvió la vida a Iván:

—Tú eres mi sol.

Índice

El círculo de hadas   7
Una llamada a la hora de la siesta 15
El cuarto visitante 21
La casita número 11 29
Recordando al abuelo 43
La nueva princesa 49
Sacrificios 59
El mundo real 67
El espíritu 73
Camino al hospital. 81
Antes de que anochezca 87
Entre todas las estrellas 95
El resto del verano 101